KB045945

레이라 사카구치

열 살에 미국의 유명 대학원에서
박사학위를 딴 천재.
바티칸에 존재하는 퇴마조직
「마장천사」에 소속된 이능력자.

"다음에 다시 태어나면……
신부로…… 맞이해줄래?"

아리엘

천익인과 흡혈귀 혼혈.
죽어가던 차에 다이키에게 도움을 받아,
함께 여행하게 된다.

"그래, 약속할게."

용사 다이키

이세계에 있던 시절의 모리시타 다이키.
동료들의 도움을 받으며 마왕 토벌을
위해 여행한다.

Illustration copyright ⓒTakayaKi

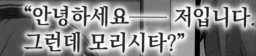

"안녕하세요—— 저입니다.
그런데 모리시타?"

"어째서 속옷 차림의 레이라 사카구치가
너의 방에서 너의 옷을 입고 있는 걸까?"

——그곳에는 마왕: 아베노 카구야가 서 있었다.

CONTENTS

이세계 _{귀환} 용사가 현대최강!

2

현란영화의
성기사단

시라이시 **아라타**

ILLUST. **타카야Ki**

집에 도착하자 기자로 보이는 사람 한 명과 경찰이 한 명 와 있었다.

경찰관은 우리 집 문을 연신 쾅쾅 두드리고 있었다. 문을 부술 기세로 치고 있어서 나는 더욱 불안해졌다.

물론 내가 용사라는 걸 들켰다면 문을 부수고 들이닥쳐도 이상할 게 없다만…… 집 앞에 모여 있는 건 겨우 두 명뿐이었다.

정체불명의 핵병기 실험이 아니냐는 추측까지 해놓고 고작 경찰 하나를 보내다니, 아무리 봐도 범인을 잡을 생각이 없는 것 같았다.

나로서는 기동대나 장갑차 몇 대…… 나아가선 전차부대가 집을 포위하는 것까지 각오했는데. 그것은 차치하고──.

"무슨 일이죠?"

나는 살짝 거칠게 물었다.

"너, 이 집에 사니?"

"네, 그런데요……?"

그러자 경찰이 잠시 무언가를 생각하고는 입을 열었다.

"너 혹시 어린 여자아이 본 적 없니?"

"어린 여자애요?"

"이 집에 사는 아버님이 어린 여자아이를 데리고 돌아다닌다는

3

신고가 들어와서 말이지. 미성년자 유괴 및 감금이 일어났을지도 몰라 출동했는데……."

어린 여자아이? 무슨 소리지? 그럼 내가 용사라는 게 들켜 경찰이 온 게 아닌 건가?

"글쎄요, 모르겠는데요……. 같이 오신 분은요?"

나는 기자 같은 사람에게 말을 걸었다.

"나는 요코하마 미나토미라이 신용금고의 은행장이 어린 소녀를 유괴했다는 정보를 얻어서 취재하러 왔는데……."

요코하마 미나토미라이 신용금고? 우리 아빠가 일하는 곳 아닌가?

대체 무슨 일이 일어난 거지? 그야 아빠가 신용금고의 본점에서 근무하긴 하지만, 해외투자 신탁 일을 하는…… 그냥 평범한 과장 보좌인데? 은행장이라니 무슨 소리야.

"소녀 유괴? 모르는데요?"

"사실은 익명으로 제보가 들어왔거든. 그런데 막상 와보니 평범한 주택이고, 아무리 봐도 은행장이 사는 곳은 아닌 거 같은데. 그리고 이 집…… 대출을 끼고 산 거지?"

"네, 30년 대출을 받아서 앞으로 3천 만쯤 남았다고 들었습니다."

기자 같은 사람이 혀를 차며 "역시 허위 제보인가……" 하고 어깨를 으쓱했다. 아빠는 꽤 일을 잘해서 적도 많다고 들었으니까. 아빠를 괴롭히려는 심산으로 이런 신고를 한 모양이다.

뭐, 어쨌든 내가 용사인 걸 들킨 건 아닌 모양이다. 나는 경찰에게 따졌다.

"그런데 왜 문을 왜 그리 세게 두드리는 겁니까? 부서지면 변상해줄 건가요? 책임지실 겁니까?"

그 말에 경찰이 겸연쩍게 대답했다.

"아니, 그래도 여자애를 데리고 들어갔다는 위험한 제보가 들어온 이상 확인을 안 할 수는……."

"위험한……? 아무튼, 우리 집에 어린 여자애 같은 건 없어요."

"뭐, 그런 것 같구나. 고등학생이 있는 집에 어린애를 납치해서 감금할 수 있을 리가……."

그때 문이 딸깍 열렸다. 지진이 났을 때 사용하는 안전모와 아빠의 골프채를 든 엄마가 조심스럽게 얼굴을 내밀고 이쪽을 살피러 나온 것이다.

그러자 그 모습을 본 경찰과 기자의 표정이 바뀌었다.

""있잖아! 여자애가!!!!""

우리 엄마가…… 좀 동안이긴 하지. 아베노 선배는 9살 난 동생인 줄 알았다고 했고.

"아니, 이분은 제 엄만데요?"

""그럴 리가 있냐!""

이상하다. 아베노 선배와 사카구치는 이렇게 설명하니 납득했는데.

"아아앗, 다이키! 어서 오렴! 엄마는 갑자기 경찰이 집에 와서 무서웠어요! 아무도 없는 척하며 방에 틀어박혀 있었다고요!"

과연, 그래서 안전모와 골프채로 무장한 건가……. 엄마도 무서웠을 거다.

"엄마, 안심해. 내가 왔으니 이제 괜찮아."

"이제 안심이 되네요!"

"그래서, 경찰 아저씨는 정말 뭐하러 온 겁니까?"

"아니 그러니까, 이 집의 아버님이 어린애를 데리고 다닌다는 신고가 들어왔다니까? 만약 사건이라면 안 움직일 수는 없어."

나는 한숨을 쉬며 엄마에게 말했다.

"엄마, 면허증 보여줘."

"알겠어요!"

지갑에서 엄마가 운전면허증을 꺼내자, 경찰이 기겁했다.

"──서른여덟 살……이라고?!"

"그런 것이에요!"

"그런 말도 안 되는…… 아니, 하지만…… 이 면허증은…… 진짜인데……?"

그때 기사가 다시 "역시 허위 제보였잖아……" 하고 짜증을 내며 말했다. 이 사람은 경찰 아저씨보다 이해가 빠른 모양이다.

"아니, 대체 그 위험한 신고의 내용이 구체적으로 뭔데 이래요?"

"저기…… 뭐라고 해야 하나…… 여기 아버님이 어린이를 조수석에 태우고 러브호텔 거리로 운전해서 갔다고……. 그런 신고였는데……."

맙소사, 우리 부모님은 아직도 그런 걸 하고 있었나…….

나는 질겁했다.

"뭐, 진짜 그렇다 해도 외모가 젊을 뿐이라 문제는 없어요."

"하지만……."

"면허증 봤잖아요?"

경찰은 고개를 끄덕이고 우리 엄마의 얼굴을 찬찬히 살폈다.

"그나저나 합법 로리라니…… 이거 참…… 이 집 양반……."

"아직 뭐가 남았습니까?"

경찰은 살짝 고개를 끄덕이고, 크게 숨을 들이마시더니 이렇게 말했다.

"부럽——크흠, 괘씸하군."

나는 풀썩 고꾸라질 뻔했다. 어쨌든 경찰과 기자는 떨떠름한 표정으로 돌아갔다.

"그런데 엄마?"

거실에서 보리차를 마시며 나는 엄마에게 말을 걸었다.

"왜요?"

"솔직히 어색해. 하지 말라고는 안 하겠지만…… 적어도 자식에게 들키지 않도록 해줘."

"응? 무슨 말이에요?"

"부부의 일 말이야."

"으응?"

엄마는 내가 무슨 말을 하는가 이해를 못 했는지 귀엽게 고개를 갸웃했다.

"러브호텔에 갔다며?"

"아아, 아빠는 집에 있으면 매일 달려드니까요."

"크흡!"

나는 보리차를 뿜었다.

"그러니까 그런 정보는 필요 없다고!"

"하지만 그런 일은 하지 않았다고요? 엄마는 순수하다고요? 그런 일은 한 적이 없어요~."

"……??? 자식을 둘이나 낳았잖아?"

"황새가 물어다 준 거예요~!"

"고등학생이 그런 말에 속을 리가 없잖아?!"

"후후, 그럴지도 모르겠네요~."

의미심장한 엄마의 웃음에 나는 고개를 갸웃했으나──.

──설마 그 말이 진짜일 거라고는 상상조차 할 수 없었다.

이세계^{귀환}용사^가
현대최강!

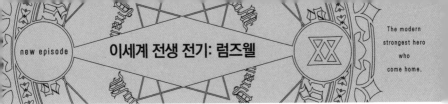

"대체 두 사람이 왜 내 방에 있는 거야?"

"나는 원래 게이머지만, 일본에 이사 온 지 얼마 안 돼서 아직 게임기가 어디 있는지 모른단 말이야. 그래서 한가하니까 너희 집에 게임을 하러 왔다는 거지."

사카구치가 알기 쉬운 설명조로 대답했다.

"그리고 레이라 사카구치가 이 집에 들어가는 모습을 발견한 내가 곧장 따라 이 집의 초인종을 눌렀고 나도 골수 게이머이니까 하는 김에 같이 하자는 흐름이 된 거지."

알기 쉬운 설명조로 아베노 선배가 덧붙여 말했다.

"그럼 사카구치는 무슨 게임을 할 건데?"

나는 내 방의 게임 소프트를 살펴보는 사카구치에게 물었다.

"이게 좋겠네. '이세계 전생 전기: 럼즈웰'."

"야, 그건 1인용 RPG잖아."

"뭐 어때. 이 게임으로 정했어! 그래! 이것은 내가 정한 나의 법리로 결정한 사항이야!"

정말 제멋대로다…… 세 사람이나 있는데 설마 RPG를 고를 이야. 나는 기가 막혀 천장을 올려다보았다.

"아베노 선배는 어떻게 생각하세요? 세 사람이 있는데 RPG라니……"

11

"괜찮지 않을까?"

어? 아베노 선배라면 사카구치와 또 시비가 붙을 줄 알았는데?

──그때 문득 선배의 손을 본 나는 무심코 소리치고 말았다.

"컨트롤러를 잡고 있잖아!"

"그래, 내가 플레이할 테니까 1인용이라도 문제없어."

"아베노 카구야! 이 게임은 내가 할 거야!"

나는 결국 시비가 붙는구나 하며 한숨을 내쉬었다.

"싸우지들 마. 게임은 사카구치가 골랐으니까, 플레이는 아베노 선배…… 일단 그거면 되지 않을까?"

"으으으……."

"어서 게임기에 소프트를 넣어. 시작하게."

사카구치가 뾰로퉁한 표정으로 게임기에 게임을 넣고 전원을 켰다.

"그런데 왜 이걸 고른 거야, 사카구치?"

"미국에 있을 때 해본 게임인데 어려워서 못 깼어. 너라면 공략법을 알고 있지 않을까 하고……."

이 게임은 일본에서도 공략이 어렵기로 유명하다. 이세계에서 전생한 용사가 마왕을 쓰러뜨리는 스토리로, 처음에는 평범한 RPG랑 다를 게 없지만, 중간부터 적의 수가 마구 불어난다.

전기라는 이름대로 전쟁 규모이다 보니 한 전투에 적이 수백 명씩 나오는데, 우리 편은 기껏해야 네 명쯤이다.

"아, 나도 어려워서 막혔어. 중반 이후는 전혀 못 깨겠더라."

"너도 못 깼다고? 그럼 그만두자——."

그때 아베노 선배가 피식 웃었다.

"나는 전부 클리어했어. 스무 번은 넘게 깼지."

"네?! 정말인가요, 선배?"

"나는 게이머니까. 럼즈웰 전문가라고 해도 돼."

"흐응……."

잠시 무언가를 생각하던 사카구치가 고개를 끄덕였다.

"그럼 어디 해봐. 나에게 공략법을 알려줘!"

"그래, 잘 봐."

어느새 게임이 진행되어 주인공의 이름을 입력하는 화면이 나왔다.

"일단 주인공의 이름에 내 이름을 써!"

나는 거만하게 말하는 사카구치에게 물었다.

"사카구치는 자기 이름을 넣는 타입이구나?"

"그게 뭐?! 불만 있어?!"

아베노 선배는 아무 말 없이 주인공의 성별을 여자로 하고, 주인공의 3D 캐릭터 디자인을 사카구치와 비슷하게 조정했다.

그 결과 양 갈래머리의 귀여운, 그야말로 사카구치 같은 캐릭터가 만들어졌다.

"응, 응, 좋아."

이어서 선배가 성에 사카구치라고 입력했다. 이어서 이름을 입력하려던 순간——.

"레이라…… 어이쿠, 손이 미끄러졌네."

화면에는 '사카구치 애널'이라는 이름이 입력되었다.

"무슨 짓이야!"

"어이쿠, 손이 미끄러졌네."

그리고는 고칠 틈도 없이 선배가 빠른 속도로 확인을 누르는 바람에 결국 그대로 게임이 시작되었다.

"일부러 그랬지?!"

"……정말 짜증 나는 여자네. 너 따위는── 오크에 둘러싸여 강간이나 당하면 충분해."

아베노 선배의 말과 함께 화면에 프롤로그가 흐르기 시작했다.

게임 화면에는 한적한 농가에서 사카구치 부부로 보이는 두 사람이 아이를 안고 있는 장면이 나오고 있었다.

『수고했어, 마리아. 그럼 이 아이의 이름은…….』

『당신이 쭉 아이의 이름을 생각하던 거 알고 있어요. 말해봐요.』

『'톤누라스'라는 이름으로 하려고 해.』

『후후, 이상한 이름이네요. 그래서는 이 아이가 놀림을 받을 거라고요.』

『그럼 어떤 이름이 좋지?』

『제 생각에는요──.』

그때 마리아라 불린 여성이 살짝 고개를 끄덕이고 자신만만하게 단언했다.

『애널이 어떨까요?』

그 말에 아버지도 "바로 그거야!"라며 동의했다.

『결정했어! 이 아이의 이름은 애널── 사카구치 애널이다!』

『그나저나 당신은 정말 이름을 붙이는 데 센스가 없네요. 톤누라스라니…….』

『하하, 미안해. 아무튼…… 애널인가. 강하고 똑똑할 것 같은 정말 좋은 이름이야.』

"원래 이름이 훨씬 낫잖아?!"

내가 무심코 소리쳤으나 게임은 그대로 진행되었다.

그렇게 15년의 세월이 흘러 이 세계에서 전생한 주인공은 용사로 자랐고, 마법의 재능이 넘치는 소꿉친구 수녀와 함께 마왕을 토벌하러 가게 되었다.

참고로 이 수녀는 처음에는 약하지만 사실 성장할수록 강해지는 캐릭터다. 주인공이 위기에 처했을 때는 우정 스킬을 써주는, 그야말로 든든한 파트너.

꽤 눈물이 나는 에피소드도 있다. 잘못된 선택을 고르면 주인공 대신 죽기도 하고…… 정말 착한 아이다.

"그런데 여기부터 어떻게 해? 정석은 모험가 길드에 등록해서 고블린을 사냥해야겠지만…….'

그 말에 아베노 선배가 깊은 한숨을 내쉬었다.

"그러니 넌 안 된다는 거야, 레이라 사카구치."

"안 된다니, 무슨 소리야?"

"이건 이세계 전생 전기야. 중반부터 적도 많아지지. 막바지에 이르면 수천은 나와."

"엑, 진짜로? 수천 명씩이나?"

"평범한 RPG처럼 나아가면 막히는 게 당연해. 자유도가 높은 게임이라 실수하기 쉽지만 이건 경영 게임이야."

"이게 경영 게임이라고?"

"그래, 돈을 모아 병사를 고용하고 장비를 갖춰야 해. 레벨을 올려 힘으로 때리는 것이 아니라, 돈을 모아 인원수로 밀어붙이는 거야. 그런 게임이라고."

그렇구나. 아무래도 나와 사카구치는 첫 단추부터 잘못 끼운 모양이다. 게임 속의 이벤트를 따라가면 모험가 길드에 들어가 적은 인원으로 판타지 RPG처럼 진행하게 되어 있길래 그냥 그런 건 줄 알았는데.

"하지만 병사를 부리는 건 돈이 엄청나게 깨질 텐데? 중반까지 플레이해도 고작 300골드 밖에 못 모았으니…… 기껏해야 열 명 남짓이잖아?"

"그래, 맞아. 그래서 초반에는 투자로 돈을 벌어야 하지. 게임이 꽤 잘 만들어져서 돈으로 돈을 벌 수 있게 되어 있어. 잘하면 중반에 금화 30만까지 벌 수 있지."

"30만?! 어떻게 하면 그렇게 벌 수 있어?! 드래곤이나 A랭크 토벌 의뢰로 금화를 백 개씩 벌면 되나?"

"그러니까 돈으로 돈을 벌어야 한다고 했잖아. 제일 먼저 돈으로 만들 수 있는 것을 모두 돈으로 바꾸고, 투자 효율이 좋은 상품으로 바꿔서 팔아치워야 해."

충격의 사실이었다. 내가 알고 있던 거랑 전혀 다른 게임이잖아.

"그런데 아베노 선배? 제일 먼저 돈으로 바꿀 수 있는 것이라니…… 설마 판다고요? 용사의 검을? 힘이 봉인되었다고 해도 앞으로 점점 강해지잖아요?"

그 말에 아베노 선배가 고개를 가로저었다.

"그렇죠? 아무리 그래도 용사의 검을 팔──."

"그것도 당연히 팔아야지. 근데 진짜는 따로 있어."

"예?! 판다고요?!"

아베노 선배가 캐릭터를 움직여 거리를 걷도록 했다.

점점 번화가에서 멀어져 외진 곳…… 황폐한 곳으로 사카구치 애널과 그 뒤를 따라오는 소꿉친구 수녀를 이동시켰다.

이곳은 중반에 길드 의뢰로 범죄자를 찾기 위해 오는 지역이다. 초반에는 용건이 없을 터인데…….

"도착했어."

"설마 노예시장인가요?"

"그래. 맞아."

이어서 사카구치 애널이 노예시장의 주인에게 말을 걸었다.

선배는 망설이지 않고 성노예를 팔고 싶다는 선택지를 고르고, 소꿉친구 수녀의 이름 옆으로 커서를 가져가 빠르게 확인 버튼을 눌렀다.

"너무하잖아!"

"얘를 팔면 금화 백 개를 얻을 수 있어. 초반 자본을 만들기에 이만한 게 없지."

선배는 노예 상인에게 끌려가는 수녀를 향해 합장으로 배웅했다.

그리고는 사카구치 애널을 조종하여 거리를 쭉쭉 달려갔다. 참고로 용사의 검은 중간에 들린 무기 상점에 금화 서른 개를 받고 팔았다. 선배는 시작부터 드래곤 토벌 성공보수보다도 많은 돈을 벌었다.

지갑이 두둑해진 사카구치 애널은 마법학교에 도착했다.

"마법을 배우는 겁니까?"

"그럴 리가 없잖아. 바가지인 것도 모자라 쓸만한 마법을 배우는 데 최소한 반년이 강제로 지나간다고. 그냥 마왕군 숫자만 늘려주는 꼴이야."

"그럼 어떻게 하죠?"

"이렇게 하면 돼."

사카구치 애널이 교장실을 찾았다. 그러자 선택지가 몇 개 나타났다.

그리고 선배는 '교장의 과거에 대해 알고 싶다'라는 선택지를 골랐다. 참고로 교장의 외모는 마법소녀물에 나올 법한 2등신 마스코트같이 생글생글 웃는 할아버지 캐릭터다.

『옛날에 말인가? 허허. 나는 마법에 푹 빠져 있었지.』

이어서 선배는 '뇌물'이라는 수상한 커맨드를 골라 확인 버튼을 눌렀다.

금화가 몇 개 없어지며 교장의 대사 칸에 "⋯⋯⋯⋯"라는 대사가 떴다. 이어서 선배는 다시 '교장의 과거에 대해 알고 싶다' 선택지를 골랐다.

『옛날에 말인가? 허허. 나는 마법에 푹 빠져 있었지.』

다시 선배가 '뇌물'이라는 수상한 커맨드를 골라 확인 버튼을 눌렀다.

그리고 다시 '뇌물'이라는 수상한 커맨드를 골라 확인 버튼을 눌렀다.

그리고 또다시 '뇌물'이라는 수상한 커맨드를 골라 확인 버튼을 눌렀다.

"저기, 선배? 뭐 하는 겁니까?"

"투자 효율이 좋은 아이템을 얻는 데 교장이 중요하거든."

그로부터 총 여섯 번의 '뇌물' 커맨드를 누른 뒤, 선배는 세 번더 '교장의 과거에 대해 알고 싶다' 선택지를 골랐다.

그러자 교장의 표정이 생글생글 웃는 얼굴에서 예리한 눈빛으로 싹 바뀌었다.

『한마디로 네놈은 과거에 마약상이었던 나의 입수 루트⋯⋯ 즉, '기분이 좋아지는 마법 가루'를 입수하는 법을 알고 싶은 거로군?』

"이 게임은 뭐든지 가능한 거야?!"

"그런 게임이니까."

그렇게 사카구치 애널은 마법 가루를 입수하는 루트를 개척하여 금화를 모두 마법 가루로 바꾸었다. 이어서 선배는 사카구치 애널을 마을 밖으로 내보내 태어난 고향을 찾게 했다.

"설마 마법 가루를 태어난 고향에 퍼뜨릴 생각은 아니겠죠?"

"여긴 가난한 마을이야. 그리 비싸게는 팔 수 없어. 판다면 부자가 모여 있는 마을이 제일 좋아."

거기서 선배는 아까 팔아치운 소꿉친구와는 다른—— 또 한 명의 소꿉친구 소년의 집을 찾았다.

아까 전 소꿉친구는 마법의 재능이 있어서 용사와 동행하였으나, 이 소년에게는 마법의 재능이 없다. 하지만 용사인 주인공을 동경하여 혼자서 몰래 검술 연습을 하고 있다.

그러다 잠들어 있던 검술 재능이 폭발하여 중반 이후에 동료로 삼을 수 있는 숨겨진 강한 캐릭터인데, 주인공을 포함한 소꿉친구 세 명이 펼치는 연계 우정 공격의 위력이 정말 대단하다. 응, 우정의 힘이란 좋은 것이다.

"어? 선배? 이 소년은 아직 동료로 삼을 수 없는데요?"

"동료로 삼으러 온 게 아니야."

사카구치 애널이 소년에게 말을 걸고는 아이템 '마법 가루'를 사용했다. 그러자 소년이 비틀비틀 취한 모션을 취했다.

그렇게 선배는 몇 번이고 거듭하여 '마법 가루'를 사용했다.

"뭐 하는 겁니까, 선배?"

선배는 말이 없었다.

그리고 크게 숨을 들이마시고는 이렇게 말했다.

"약에 절게 하는 거야. 앞으로 두 번 마법 가루를 쓰면 무슨 말이든 시키는 대로 따르는 우수한 마약상이 탄생하게 돼."

"그만두세요! 소꿉친구들의 라이프는 이미 제로라고요!"

"그런 게임이니까 어쩔 수 없잖아."

"정말로 그런 게임입니까?!"

나의 항변을 무시하는 선배. 그러는 사이 사카구치 애널은 마법 가루를 양도했다.

"굳이 넘겨줘요?"

"마법 가루는 위험한 아이템이야. 소지한 채 위병에게 말을 걸면 끝장이지. 이렇게 하면 나머지는 소년이 알아서 팔아줄 거야."

"……그렇습니까."

기겁하는 나에게 아베노 선배가 크게 고개를 끄덕였다.

——그렇게 순식간에 사카구치 애널은 마법 가루로 금화 80개라는 막대한 부를 얻게 되었다.

"이제 어떻게 할 건가요, 선배?"

"사교장에서 패트론을 모을 거야."

'뇌물'을 남발하여 귀족 작위를 얻은 사카구치 애널(참고로 여기까지 한 번도 전투를 치르지 않았다)은 유력자들이 모이는 사교장에 나갔다.

"패트론…… 출자자 말입니까?"

"마법 가루만으로는 부족하거든. 돈 많은 녀석들에게 뽑아내는 게 제일 좋아."

"흐음……."

사카구치 애널은 사교장에서 딱 보아도 돈을 갖고 있을 법한 중년 귀족에게 말을 걸었다. 그때 선배는 미인계라는 뜬금없는 선택지를 골랐다.

"미, 미인계라고……?!"

"후훗."

선배가 웃으며 망설이지 않고 확인을 눌렀다.

"하하, 아가씨? 나를 유혹하기에는 가슴이 좀 작지 않나?"

뭐, 보통은 안 통하겠지. 설마 그런 방법으로 돈을 모으려고 하다니…….

그때 사카구치가 벌컥 화를 내며 일어섰다.

"거기 아저씨, 나와 싸우자는 거야?! 무슨 트집을 잡는 거야!"

"진정해, 너한테 하는 말이 아니잖아. 그나저나 안 통하는 거 같은데 이제 어쩌실 겁니까, 선배?"

"――걱정할 필요 없어."

선배는 아이템 화면을 열고 '마법 가루'를 선택했다.

"설마……."

"그래, 그거야."

『과연. 그런 플레이도 가능하다 이건가. 이거야 원, 아가씨가 아니라 완전 악녀로군.』

사교장 안에서 손을 잡은 두 사람은 출구로 향했다. 그리고 갑자기 화면에 암전되더니 '짹짹' 하는 참새 소리가 흘러나왔다.

곧이어 사카구치 애널이 대귀족의 집 문 앞에 서 있는 모습이 나왔다.

선배가 컨트롤러를 조작하여 스테이터스 화면의 출자자 항목을 보여주었다. 거기에는 '대귀족: 프린시바(월 금액: 금화 2천 개)' 라고 쓰여 있었다.

"무슨 일이 일어났는지 생각하고 싶지 않아! 정말 어처구니가 없네, 이 게임!"

"……도저히 입이 다물어지지 않네. 이 게임 너무 심하잖아."

사카구치도 나와 같은 생각을 했는지 미간을 찌푸렸다.

"뭐, 미인계는…… 가슴도 작고 꼬맹이인 데다 친구도 없는 레이라 사카구치에게는 어려울 테니까."

"어엉? 무슨 소리야? 나는 이 게임이 심하다고 말했는데?!"

"어머나? 현실에서도 가슴이 작은 탓에 남자가 없어 미인계라는 발상 자체가 떠오르질 않으니, 이 게임을 클리어 못 한 거잖니? 그럼 나는 잠시 화장실에 다녀올게."

아베노 선배가 밖으로 나가자 사카구치가 컨트롤러를 잡았다.

"흥! 미인계 따위── 아베노 카구야가 되는데 내가 못 할 리가 없잖아! 이번에는 내가 하겠어…… 다시 한번 사교장으로──."

게임 속 시간이 흘러 밤이 되자 사카구치가 주인공을 사교장으로 보냈다.

그리고 딱 보아도 돈이 있을 법한 잘생긴 젊은 귀족에게 말을 걸어 미인계를 썼다.

『하하, 아름다운 아가씨로군. 하지만 공교롭게도 나는 선약이 있어서.』

미남이 윙크하고 떠나려고 했다.

"지금이야! 여기서 마법 가루를 쓰는 거야!"

아이템을 열고 사카구치가 마법 가루로 커서를 가져가 확인 버튼을 눌렀다. 그때——.

"그 귀족은 안 돼!"

화들짝 놀란 아베노 선배가 방으로 뛰어 들어왔다.

"어? 왜 안 되는데?"

"이 녀석에게는 미인계가 통하지 않아."

"어째서?"

"이 녀석은——."

선배가 입을 다물었다.

그리고 크게 크게 숨을 들이마시고는 이렇게 말했다.

"——게이거든."

선배의 말과 동시에 화면 안에서 귀족 남자가 위병을 향해 외쳤다.

『귀족의 사교장에 무슨 물건을 가져오는 거냐! 괘씸하구나!』

그렇게 사카구치 애널은 위병에게 끌려가 감옥에 갇혔다.

"어떡할래? 이대로는 참수될 거야. 뭐, 미인계로 간수를 농락하여 탈옥할 수는 있지만——."

나와 사카구치는 질색하며 "이런 쓰레기 게임은 이제 됐습니다"

라며 고개를 가로저었다.

　그 모습에 아베노 선배가 피식 웃었다.

　"참고로 이것은 비열한 방법이고, 모험가 길드에 들어가 노력하는 정통파 루트로도 못 하는 건 아니야. 조금 어렵긴 하지만…… 다음에는 그쪽을 해볼까?"

　"처음부터 그쪽으로 했어야지!"

이세계귀환용사가
현대최강!

new episode

트위터

The modern
strongest hero
who
come home.

학교에서 돌아가는 길에 아베노 선배가 나에게 물었다.

"저기, 모리시타? 너 혹시 트위터 알아?"

"네, 알고 있는데요?"

"이건 레이라 사카구치의 계정인데."

"흠……?"

자기소개를 보았다.

——세계에 퍼져있는 나의 노예들에게 소개할게!

나의 이름은 레이라! 초절정 천재 미소녀인 내가 예쁘다고 생각하면 바로 팔로우할 것!

참고로 내가 누군가를 팔로우하거나 멘션에 답을 하는 일은 절대 없을 테니까, 혹시 팔로우한다면 행운으로 여기도록 해!

"끔찍한 자기소개네요."

"그래, 너무 끔찍해. 하지만 모리시타, 여기 팔로워 숫자를 봐."

"5만이라고?! 이만한 숫자를 모으다니…… 대체 무슨 트윗을?"

"이 사진이 녀석의 출세 비결이야."

"리트윗이 1만이라니…… 대단한 인기네요."

그것은 새하얀 날개를 달고, 마법소녀 코스튬 플레이를 한 사카구치의 사진이었다. 평소의 샐쭉한 태도는 어디 갔는지, 부드러운 미소가 천사의 날개와 더불어 굉장히 신비로운 느낌이었다.

솔직히 인간을 초월한 아름다움이었다.

"코멘트도 칭찬만 가득하네요."

"그래, 정말 짜증 나."

· 레이라 진짜 천사 같아!

· 새침한 것도 최고야!

· 대천사 광림!

· 기적도 천사도 있는 거 맞지?

· 반했다.

· 허벅지도 매끈하고 죽여준다.

· 완전 귀여움.

· 너무 예뻐서 괴로울 지경.

· 뭐야, 그냥 신인가.

"어떻게 이 날개를 만들었는지 다들 꽤 궁금한 모양이네요. 엄청난 퀄리티라고."

"뭐…… 만든 게 아닐 테니까."

"네…… 아무리 봐도 진짜 날개네요."

그나저나 이거 바티칸이 봐도 괜찮은 걸까?

"나는 레이라 사카구치가 인기를 끌고 있는 게 마음에 들지 않아."

"그렇군요. 뭐, 선배는 지는 걸 싫어하니까."

"그리고 내 입으로 말하기 뭐하지만…… 난 좀 예쁘잖아?"

"네, 선배에게 이런 말을 하기 뭐하지만, 좀 과하다 싶을 만큼 그렇죠."

"얼굴은 레이라 사카구치와 호각…… 하지만 나에게는 그녀에게 없는 절대 우위가 있어."

"절대 우위요?"

"그래, 나는 쭉쭉빵빵하니까."

"뭔가 표현이 몹시 낡은 것 같긴 하지만…… 나이스 보디라고 말하고 싶은 거죠? 그래서요?"

"그래서 나도…… 트위터 계정을 만들려고. 그런 여자에게는 질 수는 없어."

"아, 네……. 뭐…… 열심히 해보세요."

"레이라 사카구치 따위…… 한 달 만에 추월해줄게."

그렇게 트위터에 새로운 코스튬 플레이어가 한 명 탄생했다.

다음 날 아침.

옆자리인 레이라가 히죽거리며 나에게 말을 걸었다.

"내 말 좀 들어봐, 모리시타 다이키. 진짜 웃기다니까! 어제 아베노 카구야가 전화를 걸었는데……."

"전화?"

"응. 듣자 하니 내가 트위터에서 인기를 끄는 게 부러웠던 모양이더라?"

아, 그러고 보니 코스튬 플레이 사진을 올렸다고 했지.

"그래서 어떤가 하고 찾아봤는데, 어젯밤에 사진을 열 개나 올렸더라고."

"그런데?"

"팔로우 한 사람이 아무도 없어!"

"어? 진짜? 그냥 평범하게 찍은 사진을 올려도 선배 얼굴이면 팔로워가 그럭저럭 늘어날 것 같은데?"

"뭐, 그야 평범했다면 그랬겠지……. 이것 좀 봐."

· 헬로! 카구야냥이야! 앞으로 잘 부탁해!

· 으으…… 아무도 팔로우 해주지 않는다냥…….

· 팔로잉 해주지 않으면 카구야 뿡뿡 화낼 테니까!

· 자, 아기 고양이들? 지금 당장 나를 팔로우해.

· 크크크, 지고의 마왕인 카구야를 팔로우하여라!

· 리트윗! 리트윗! 어서 리트윗! 혼낸다!

· 나의 이름은 카구야냥! 초절정 천재 미소녀인 내가 예쁘다고 생각하면 팔로우할 것!

· 부탁이니 팔로우 해주세요.

처참한 결과물에 나는 절로 탄식이 나왔다. 참고로 사카구치는 웃음을 참으며 어깨를 부들부들 떨고 있었다.

"……캐릭터가 단기간에 엄청 바뀌었네."

"시행착오의 흔적이 보이지?"

"심지어 레이라를 따라 한 것도 있고."

"아, 진짜…… 엄청 웃었네. 날 그대로 흉내 내다니…… 도대체 얼마나 간절했던 거야?"

경악의 사태였다.

"아니, 그 이전에 사진부터가 문제잖아, 이거."

나는 크게 한숨을 내쉬었다. 그대로 자리에서 일어나 교실 문을 향해 걸어갔다.

"모리시타 다이키, 어디 가?"

"아베노 선배에게."

3학년 교실. 나는 창가 쪽에 앉아 있던 아베노 선배의 자리 앞에 섰다.

"어머? 모리시타, 무슨 일이야?"

"트위터를 봤습니다."

그 말에 아베노 선배가 새침한 얼굴로 고개를 끄덕였다.

"그래, 보고 말았구나."

"네, 보고 말았습니다."

"그래서? 나를 비웃으러 온 거야? 아무도 팔로잉하지 않는 나를 비웃으러 왔어?"

아베노 선배가 울적한 눈빛으로 흘러가는 비늘구름을 바라보았다.

"딱히 그런 건 아닙니다만……."

"하지만 정말 이상해. 어째서 초절정 미인인 나에게—— 아무 반응이 없는 거지?"

나는 스마트폰을 꺼내 선배의 트위터를 화면에 띄웠다.

"이상하다뇨. 아니, 선배야말로 무슨 생각으로 이런 거예요?

어째서…… 어째서 코스튬 플레이 사진이…….”

“…………왜?”

“구마모토의 쿠마몬(일본 규슈 구마모토현의 캐릭터)——이냐고요!”

그렇다. 선배는…… 구마모토의 쿠마몬을 코스튬 플레이……
아니, 인형탈을 쓴 사진을 트위터에 올렸다. 얼굴은커녕 몸매조
차 알 수가 없었다.

“어머? 귀엽잖아…… 쿠마몬. 내가 좋아하거든…… 쿠마몬.”

“선배의 무기가 뭡니까?”

“아름다운 얼굴과 글래머러스한 몸매지.”

나는 어이가 없어 입을 다물었다.

“………….”

“……중요한 거니까 두 번 말하겠어. 정말 이상해. 어째서 초절
정 미인인 나에게—— 아무 반응이 없는 거지?”

“얼굴이…… 안 나왔잖아요.”

“어……?”

“인형탈에 가려—— 얼굴이 안 나왔잖아요!”

“어?!!!”

선배는 그때야 문제를 알았는지 충격을 감추지 못했다.

잠시 침묵이 흐르고.

선배가 크게 크게 숨을 들이마시더니 이렇게 말했다.

"……나도 참…… 이런 실수를 다 했네."

"모르고 있었다니!!"

"맞아, 쿠마몬이 귀여워서…… 그것만 생각했어."

"아무튼…… 너무 어이가 없어서 그 말을 하러 왔습니다. 이대로 가면 그냥 초절정 구마모토현의 팬처럼 보일걸요."

아베노 선배는 고개를 끄덕였다.

"마냥 틀린 말은 아니야. 말고기 회도 좋아하고. 어쨌든 이번 실패의 원인을 알게 됐어. 고마워, 모리시타."

"도움이 되었다니 다행이네요……."

그리고 다음 날.

아침 홈룸 시간 전에 사카구치가 나에게 말을 걸었다.

"모리시타 다이키, 내 말 좀 들어봐! 아베노 카구야의 트위터에 엄청난 일이 벌어졌어!"

"……뭔데?"

사카구치가 스마트폰을 꺼내 나에게 아베노 선배의 트위터를 보여주었다.

"지금 엄청나다니까? 리트윗이 2만을 넘었어!!"

나는 트위터에 올라온 사진을 보고 경악했다.

"이, 이, 이건——!"

"그렇다니까! 그 여자—— 벗어버렸어!"

화면에는 마법소녀의 지팡이를 들고 분홍색 티팬티를 입은 모습으로…… 뒤를 돌아보며 의기양양한 표정을 지은 아베노 선배의 사진이 있었다.

· 완전 꼴린다ㅋㅋㅋ

· 아베노 선배 최고! 아베노 선배 최고! 아베노 선배 최고!

· 좋아, 더 해봐!

· 괜찮아. 전부 벗어. 나는 정말 괜찮으니.

· 아베노 선배 최고! 아베노 선배 최고! 아베노 선배 최고!

· 몸매 너무 좋은데.

· 틀림없이 처녀빗치다. 트위터로만 끝내기엔 아깝네…….

· 코스튬 플레이랑 아무 상관없잖아ㅋㅋㅋㅋㅋㅋ

· 아베노 선배 최고! 아베노 선배 최고! 아베노 선배 최고!

· 으하하ㅋㅋ뭐야ㅋㅋㅋㅋ

· 아베노 선배 최고! 아베노 선배 최고! 아베노 선배 최고!

"무슨 짓을…… 티팬티도 너무 노출이 심하고……. 엉덩이는 말할 것도 없이 다 보이고, 그 안쪽의 봐서는 안 될 은밀한 무언가가 보일 것 같잖아……."

"대체 이 인간은 무슨 생각이야?! 인기만 끌면 된다는 거야?!"

나는 바로 자리에서 일어나 아베노 선배의 교실로 달려갔다.

"야, 거기 너!"

"어머? 모리시타, 무슨 일이야?"

"그래 벗다니, 제정신이야?!"

"나의 무기를 최대한 활용했을 뿐인데?"

"아니, 확실히 그럴지도 모르지만?! 아무리 그래도 에로 노선은 좀 아니잖아?!"

"이 정도 노출은 아무것도 아냐. 오히려 이렇게 해서 사카구치를 이길 수 있다면 마지막 한 장까지 벗을 각오도 있어. 난 수단을 가리지 않아."

"부탁이니 수단을 가려달라고요!!"

"대체 아까부터 왜 그래? 내가 트위터에서 뭘 하든 모리시타와는 아무 상관도 없잖아."

"아니, 뭐, 그야 그럴지도 모르지만…… 싫다고요."

"……싫다니, 뭐가?"

"선배의 몸을 남에게 보이는 게 썩 내키질 않아요……."

그 순간 아베노 선배의 볼에 붉은빛이 감돌았다.

그리고는 스마트폰을 꺼내더니 후다닥 무언가를 하기 시작했다.

"선배?"

"지웠어. 트위터 계정까지 모두다. 없던 일로 했어."

"예? 갑자기요? 왜 또……?"

아베노 선배가 창문으로 보이는 비늘구름으로 시선을 옮겼다.

"글쎄, 왜 그랬을까?"

그녀는 장난스럽게 후훗 웃고는 나에게 윙크했다.

"나의 야한 모습은 너만 보면 되니까…… 그런 것 아닐까?"

다음 날, 교실.

"후후, 모리시타 다이키? 나의 트위터 리트윗 수를 봐. 2만이 넘었어."

"어? 너도 2만을 넘겼다고?"

"그래, 아베노 카구야에게 질 수는 없으니까. 눈에는 눈, 에로에는 에로야!"

내가 사카구치의 스마트폰을 보니 화면에는 노출이 심한 티팬티 차림에…… 천의 면적이 너무 작아 당장이라도 유두가 보일 듯한 느낌의…… 마이크로 비키니를 입고 새하얀 날개를 단 천사의 사진이 있었다.

"너희들…… 서로 지기 싫어하는 것도 정도가 있지…….'"

나는 크게 한숨을 내쉬었다.

——참고로 사카구치의 계정은 얼마 가지 않아 규정 위반으로 삭제되었다.

이세계 귀환 용사가
현대최강!

이세계의 어떤
소녀와 용사의 전말

The modern
strongest hero
who
come home.

——모리시타 다이키가 마왕을 토벌하기 1년 전.

사이드: 아리엘

천익인(天翼人)—— 천사라고도 불리는 종족과 흡혈귀. 이들은
각각 '빛'과 '어둠의 지배자'의 대명사였다.

그리고 그 두 종족 사이에서 태어난 혼혈—— 불길한 아이가 우
리 남매였다.

어머니가 천익인이고, 아버지가 진조 흡혈귀. 나와…… 오빠,
4인 가족이었다.

내가 어릴 적, 우리 가족은 숲속 호수 근처에 있는 고성(古城)에
살고 있었다.

아버지도, 어머니도 모두 종족의 금기를 어기고 맺어진 사이였다.
두 사람은 사랑의 도피처럼 아무도 살지 않는 고성에 들어갔고,
그 이후로는 사냥감을 인간 마을에 내다 팔며 번 돈으로 생활했다.
물론 인간 마을에 내려갈 때는 종족을 감추고.

"어른이 되면 난—— 오빠와 결혼할래."

꽃잎이 하늘하늘 떨어지는 고성의 정원—— 화단에서 내가 오빠

39

에게 했던 말이다.

풍요로운 생활은 아니었지만, 지금 생각하면 그 시절이 가장 행복했던 것 같다. 가족 모두가 언제나 웃고 있는……. 하지만 그 행복은 오래 가지 않았다.

어느 날 아버지가 뱀파이어 헌터── 성황국(聖皇國)의 성기사에게 붙잡혀 돌아가셨다.

우리는 어머니를 따라 천익인의 도시로 집을 옮겼다. 흡혈귀와 혼혈이 아니라 인간과 혼혈이라고 거짓말을 하고.

처음에는 하프라고 차별을 당하기도 했지만…… 그래도 시간이 흐를수록 우리는 평안을 되찾아가고 있었다.

하지만 그것도 영원하진 않았다. 우리의 출신── 우리 남매가 인간이 아닌 흡혈귀와 혼혈이란 것을 들킨 것이다.

사람들은 어머니에게 우리를 버리든가, 한꺼번에 나가라고 쏘아댔다. 결국 어머니는 우리를 데리고 인간의 도시로 향했다.

추레한 사창가.

우리는 인간들 사이에서 희소 종족 취급을 받으며 반쯤 구경거리로 전락했고, 내가 여섯 살 되던 해, 결국 어머니는 매독으로 세상을 떠나셨다.

슬럼에서마저 있을 곳을 잃은 우리 남매는 갈 곳도 없어 도시에서 쫓겨나 산을 헤매다 산적에게 붙잡혔다.

산적에 동굴로 끌려가 신체검사를 받은 우리는 금세 흡혈귀와 피가 섞인 것을 들켰다.

"그냥 버리긴 아까운데. 빼빼 마른 여섯 살 꼬맹이지만 희귀종이라고."

"마물을 살 놈이 어디 있냐."

"아니 뭐, 팔 곳이 없진 않을걸."

"마물과 하려는 변태 놈이 있다고?"

"물론 헐값이겠지만."

"그럼 장물 내다 팔 때 둘 다 데려가 볼까…… 남자애도 얼굴은 반반하니 은화 몇 개 정도는 쳐주겠지."

"그러면 좋겠지만 우리도 남은 식량이 얼마 없어. 얘들 먹이자고 우리가 굶을 수는 없잖아?"

"그럼 어쩔 건데?"

"하나는 개밥으로 던져주지 뭐."

"오, 좋은 생각이군."

그렇게 우리는 산적들이 사냥개 대신 키우는 늑대 마물인 실버 팽의 우리 속에 내던져졌다.

실버 팽이 침을 뚝뚝 흘리며 이쪽을 향했다.

"뭐, 워낙 많이 먹는 녀석이니 둘 다 먹어버릴 것 같지만. 크하하하하!"

"야, 한 명은 남긴다며?"

"상관없잖아? 어차피 푼돈인데."

"……하긴. 이건 이것대로 재미있으니까. 으흐흐."

41

두 사람은 천박한 웃음을 흘리며 술을 들이켜기 시작했다.

내가 인간의 추악함을 곱씹고 있을 때 오빠가 나지막이 입을 열었다.

"아리엘? 어떻게 할까?"

"오……빠?"

"나는 이제…… 지쳤어. 여기서 살아남는다고 해도 어딘가에 몸을 팔릴 뿐이야. 이 몸에 마물의 피가 흐르는 이상 어디에 가더라도 비참한 미래가 기다리고 있겠지. 그래도 넌…… 살고 싶어?"

나는 잠시 생각하고 솔직한 마음을 털어놓았다.

"오빠…… 난…… 죽고 싶지…… 않아…….."

"그래."

그러자 오빠는 실버 팽을 향해 걸어갔다. 곧바로 오빠는 실버 팽에게 왼팔을 뜯어 먹혔다.

이리저리 튀는 액체가 나의 볼에 새빨간 화장을 그렸다.

"아…… 앗…… 아아…… 오빠…….."

실버 팽이 오빠에게 달려들어 순식간에 배를 물어뜯었다.

내장이 튀고, 실버 팽의 입 주변의 은색 털이 새빨갛게 물들었다.

그런데도 오빠는 개의치 않고── 실버 팽을 향해 오른손을 뻗었다.

작은 파열음과 함께 실버 팽의 눈알이 터져나갔다.

"흡혈귀의 생명력을…… 우습게…… 봤구나."

오빠는 더욱 깊이 실버 팽의 눈에 손가락을 찔러 넣었다.

"깨갱!"

한쪽 눈을 잃은 실버 팽은 전의를 잃고 우리 구석으로 쏜살같이 도망쳤다.

"아리엘⋯⋯."

"왜⋯⋯? 오빠⋯⋯?"

"⋯⋯반드시 살아남아."

그게 오빠가 남긴 마지막 말이었다.

『어른이 되면 난── 오빠와 결혼할래.』

꽃잎이 날리던 화단에서 했던 말.

그런── 먼 옛날의 기억이 불현듯 떠올랐다.

"오빠⋯⋯⋯⋯ 거짓말⋯⋯이지?"

대답은 돌아오지 않았다.

그저 피에 젖어 고동이 멎은 오빠가 남아 있었을 뿐──.

노예 우리에 갇혀 몇 주일이 지났을 무렵.

구석에 쪼그려 앉아 있자니 산적 둘이 다가왔다.

"이거야 원⋯⋯. 밥을 먹지 않으니 빼빼 마르다 못해 해골이 됐잖아. 말을 걸어도, 때려도 반응도 없고⋯⋯ 변태들조차 사려 하질 않으니 원."

"그럼 괴식을 즐기는 미식가용 정육점에라도 팔아치울까요?"

"뼈밖에 없는데 뭘 먹으란 거냐."

"하긴, 그렇군요. 하하."

"쯧, 그냥 죽이는 게 오히려 싸게 들겠군."

이제 여기서 끝인가.

자기 죽음조차 남 일 같던 그때——.

동굴 안에 폭발음과 함께 산적들의 비명이 울려 퍼졌다.

깜짝 놀란 두 사람이 황급히 뛰어갔으나 돌아온 건 그들의 비명뿐이었다.

곧이어 다른 사람의 목소리가 들려왔다.

"동굴 내부 색적 완료. 이 두 놈이 마지막이었나 봐. 그나저나 이게 A랭크 현상금이 걸린 산적단이라니, 너무 약해빠진 거 아냐?"

빨간 머리에 마녀 고깔모자를 쓴 여자가 말했다.

"그게 아니라, 저희가 강해진 거예요."

수녀 같은 파란 옷을 입은 금발 여자가 대답했다.

"그나저나 이 우리에 갇힌 아이는 뭐지? 기껏해야 6, 7살밖에 안 된 것 같은데……."

갑옷을 입은 검은 머리의 남자가 말하자 고깔모자 여자가 다가왔다.

"눈의 초점이 맞지 않아. 상당히 혹사당한 모양이야. 그런데 이 애…… 혼혈 흡혈귀 같은데."

"하프 뱀파이어라고요?"

"이대로 놔두면 죽겠지만 그냥 모른 척하는 게 나을 수도 있어. 만약 지금 도와준다고 해도…… 솔직히 우리도 끝까지 돌봐줄 수는 없어."

"다이키 씨, 어떻게 할까요?"

그러자 남자가 입을 열었다.

"험한 길을 걸어왔겠지. 인간과 흡혈귀 혼혈이라는 건 그만큼 복잡하니까. 그리고 앞으로도 고난은 끊이질 않을 거야."

이 사람들은 나를 인간과 흡혈귀의 혼혈이라고 생각하는 모양이다.

뭐, 애초에 천익인과 흡혈귀가 사랑에 빠진다니…… 불가능한 이야기니까.

그는 나에게 손을 뻗으며 물었다.

"그래도 너는…… 살고 싶어?"

——오빠와 같은 말.

"……죽고 싶지…… 않아."

그러자 그는 크게 고개를 끄덕였다.

"알겠어. 그럼—— 반드시 살아남아."

——오빠와 같은 말.

미소를 지은 남자의 부드러운 눈길이…… 무척…… 오빠와 닮아 있었다.

"당분간 내가 돌봐줄 테니 안심해."

그러자 고깔모자를 쓴 여자가 당황하며 말했다.

"저기, 다이키?! 진심이야?"

"그래, 진심이고말고."

"우리가 어디로 가는지 잊어버렸어? 마물을 싫어하기로 유명한 성황국이라고?! 그런데 하프 뱀파이어라니, 데려가는 것만으로도 너무 위험해!"

"겉보기에는 사람이랑 다를 바 없으니 괜찮을 거야."

"그뿐만이 아니야! 전에 길드에서 엄청난 실력의 뱀파이어 헌터가 돌아다닌다는 말도 들었잖아?"

"아, 흡혈귀에게 가족을 몽땅 잃어 미쳐버렸다는 녀석?"

"그래! 흡혈귀를 죽이기 위해서라면 인간 마을이나 도시 하나를 통째로 없애는 S급 현상 수배범! 이 이상 귀찮은 일을 떠안을 셈이야?!"

"알 바냐. 나는 이 애를 데려갈 거야."

"아, 정말! 한번 내뱉으면 물러서질 않으니…… 후우…… 알겠어. 하지만 성황국까지야? 거기서 고아원이라도 발견하면 바로 맡길 테니까. 이쪽도 아슬아슬하게 여행하고 있으니 어린애까지 보호할 수는 없어."

고깔모자 여자가 한숨을 쉬며 말했다.

대화를 듣고 있던 나는 무심코 남자에게 말을 걸었다.

"저기…….'

"왜 그래?"

"오빠라고…… 불러도…… 될까요……?"

세 사람은 잠시 멈칫했으나…… 곧 동시에 입을 모아 외쳤다.

""""뭐라고?!""""

그로부터 2주일이 지났다.

다른 사람보다 먼저 침낭에 들어가 꾸벅꾸벅 졸고 있을 때, 조금 떨어진 곳에서 모닥불에 둘러앉은 세 사람의 목소리가 들렸다.

"잠이 든 모양이네."

"착한 아이예요. 온갖 잡일을 나서서 맡아주고 있고."

"……다이키, 저 애 말인데 본국에 돌아갈 때까지는 돌봐주지 않을래?"

"왜 마음이 바뀌었어?"

"흡혈귀와 인간의 혼혈이잖아? 어느 나라나 마물과 혼혈에 편견을 품고 있는 건 같겠지만, 마물을 가장 싫어하는 성황국에 맡기는 건…… 그냥 죽으라고 말하는 거나 마찬가지야."

"어머? 가장 먼저 죽게 내버려 두자고 했던 사람이 누구였죠?"

"그야 데리고 있으면 정도 생기는 법이잖아. 게다가──."

"게다가?"

"우리에게 버림받지 않으려고 계속 우리 눈치만 살피고 있는 게…… 옛날의 나를 보는 듯해서 남 같지가 않아."

"그러고 보니 넌 노예 출신이었지."

"거기다 다이키를…… 오빠라고 부르고 있잖아?"

"나는 너의 오빠가 아니라고 항상 말하지만."

"그것도 정신적 도피라고 생각해. 너무 상심이 큰 나머지 대신할 걸 만들어 아슬하게 버틴다고나 할까, 잘 설명하지 못하겠지만…… 정말 힘들 때는 나도 그랬으니까."

"일종의 방어 본능인가……. 하지만 난 저 녀석의 오빠가 아니 잖아."

"뭐 어때, 다이키. 저 애는 괴로운 일을 겪었잖아? 소중한 사람도 잃었고. 여행하는 동안만이라도 저 애에게 친절하게 대해줘. 그야말로 진짜 오빠처럼."

"그건 다이키 씨뿐만이 아닙니다."

"무슨 말이야?"

"다이키 씨가 저 아이의 오빠가 되어준다면, 저희는 언니가 되어줘야 한다는 거예요. ……그거면 충분하지 않을까요?"

"그래도 오빠라고 불리는 게 낯간지럽다고나 할까……."

"……그거면 충분하지 않을까요, 다이키 씨?"

"노려보지 마, 공주님! 악! 아나스타시아, 넌 또 왜 꼬집어! 야, 이 바보야, 차지 마! 나 진짜 화낸다?!"

그렇게 잠시…… 장난을 치는 듯 왁자지껄한 소리가 들려오고.

"알겠어, 알겠어. 하면 되잖아, 하면!"

오빠의 말을 듣고 세 사람이 진심으로 즐거운 듯 웃기 시작했다. 그 소리를 들으며 나의 볼로 눈물이 흘렀다.

──가족 이외에 누군가에게 친절을 받아본 건 처음이었다.

가슴이 행복한 무언가로 가득해져 침낭 속에서 소리 죽여 울다 가…… 어느새 잠들고 말았다.

산악지대의 황무지.

아니, 계곡지대의 바위 더미라고 말하는 게 맞을까?

풀 한 포기 보이지 않는 절벽 사이로 거친 길이 끝없이 이어져 있었다.

"다이키? 정말 이 길로 가도 괜찮겠어?"

"그럼 절벽을 올라가라고?"

오빠가 미간을 찌푸리며 절벽 위를 올려보았다.

"우리 스테이터스라면 아리엘을 업고 절벽을 오르는 게 빠르잖아. 더구나 이 골짜기에는 그게 나온다고."

"땅의 에인션트 드래곤인가……."

"전에 성검을 얻으러 갔다가 불의 에인션트 드래곤에게 처참하게 당한 거 잊었어? 그때…… 널 감싸준 얀은……."

그러자 오빠가 씁쓸한 표정을 지었다.

"하지만 그때와는 상황이 달라. 모든 계획을 재검토하고, 일 년간 무모한 수련을 거듭했다고. 공주님은 어떻게 생각해?"

"다이키 씨 말대로 저희는 전보다 강해졌어요. 하지만 불의 에인션트 드래곤보다 격이 떨어진다고는 하나 땅의 에인션트 드래곤이 강력한 건 변함이 없습니다. 너무 위험해요. 피할 수 있다면 피하는 게 좋지 않을까요?"

"아직은 마왕군의 군세를 아슬하게 버티고 있지만, 곧 한계가 올 거야. 이제 느긋하게 레벨이나 올리고 있을 시간은 없다고. 이 여행이 끝나면 갈루하 화산에 성검도 찾으러 가야 하잖아?"

"그야 그럴지도 모르지만……."

"게다가 한 달 뒤는 얀 형님의 생일이잖아. 놈에게 복수하기엔 절호의 날이지. 그러니까 우리 실력을 가늠하기 위해서라도 이 길을 가야만 해. 어차피 땅의 에이션트 드래곤조차 못 이긴다면 결전에 서더라도…… 마왕을 당해내지 못할 거야. 다른 선택은 없어."

"하지만 다이키 씨."

"왜 그래, 공주님?"

"다이키 씨의 뜻은 알겠어요. 하지만 절벽 위에는 천익인의 도시가 있어요. 가볼 가치는 있지 않을까요?"

"나는 가봐야 의미 없다고 생각하는데. 어차피 놈들도 인간을 상대조차 하지 않을 테니."

"천익인이 마물을 끔찍하게 싫어하고 인간에게도 마음을 열지 않는다는 건 잘 알고 있습니다. 하지만 그게 전부는 아니잖아요?"

오빠가 복잡한 표정으로 크게 고개를 끄덕였다.

"고대문명의 기술……."

"네, 그중에서도 엑스트라 포션만큼은 꼭 얻어야 해요. 목숨만 붙어 있으면 어떤 상처도 치료한다는 기적의 아이템입니다. 저희도 언젠가 필요한 날이 올 겁니다."

"그거야말로 그렇잖아. 그런 걸 놈들이 인간에게 건네줄 리가 없어."

"평범한 인간이라면 그렇겠지요. 하지만 용사인 다이키 씨라면……."

"그래. 용사의 이름을 팔면 좀 줄지도 모르지."

"그렇다면——."

"그래도 굳이 갈 필요는 없어. 우리에겐 완전회복마법이 생길 거니까."

"그건 지난 천년의 역사 중에서도 전설적인 프리스트만이 다루던 기적의 마법이라고요?"

"그래서 갈 필요 없다는 거야. 곧 공주님도 완전회복마법을 쓸 수 있게 될 테니까."

"네……?"

"뭘 그렇게 놀라? 공주님은 인류 최강 파티에서 누구보다 중요한 최강의 프리스트가 되려는 거 아니었어?"

공주님은 잠시 멈칫하다 곧 어처구니가 없는 듯 웃으면서 고개를 끄덕였다.

"말은 쉽죠……. 하지만 다이키 씨의 말이 맞아요. 기적의 마법을 다루지 못하면서 어떻게 마왕에게 대적하겠어요?"

그러자 오빠는 씩 웃더니 발걸음을 멈췄다.

"……더구나 어느 쪽이든 쉽게 올라가긴 이미 그른 것 같네. 에이션트 드래곤께서 납시셨다."

"엉망진창이군……."

"하지만…… 이겼어. 우리가…… 에이션트 드래곤을…… 이겼다고! …………이긴 거 맞지?"

"확실히 숨이 끊어졌어요. ……우리의 승리예요."

장렬한 전투였다.

장렬한 폭발마법이 끝없이 터지며 계곡 여기저기를 박살 냈고, 용사의 검이 거대한 바위와 용의 비늘을 시원하게 베어냈으며 에이션트 드래곤의 브레스는 이 일대를 검은색으로 물들여버렸다.

도중에 오빠가 드래곤에게 팔을 물어 뜯겼지만, 공주님이 마법을 쓰자 금세 원래대로 돌아갔다.

나는 이 모든 광경이 마치 기적처럼 느껴졌다.

백은빛 검으로 악당을 물리치고, 사람들에게 구원의 손길을 뻗는다.

그런 옛날이야기에서나 나오던 강하고 착한 영웅들이…… 바로 여기 있었다.

이 사람들이 마왕을 쓰러뜨리고 세상의 위대한 사람이 되어준다면…… 나나…… 친오빠와 같이 고통받는 아이도…… 사라질지 모른다.

"오빠는…… 정말로…… 용사님이구나."

──바로 그 순간.

하늘에서 검은 무언가가 내려오더니…… 오빠의 심장에서 피가 뿜어져 나왔다.

아니, 정확하게는 등 뒤에서 검에 찔렸다. 절벽에서 뛰어 내려온 남자가 검으로 오빠의 심장을 꿰뚫은 것이다.

오빠는 저항도 못 하고 그대로 쓰러졌다.

"커헉?!"

온통 검은색 옷을 입은 남자가 검에 묻은 피를 기름종이로 닦아내며 고개를 끄덕였다.

"보름이나 기다린 보람이 있군. 아무리 나라도 용사와 정면에서 싸우긴 어려우니까 말이지. 그러나 에인션트 드래곤을 쓰러뜨린 직후라면 어떨까? 체력도, 기력도 모두 바닥나있겠지. 그래, 내가 이렇게 용사를 죽일 수 있을 정도로."

아나스타시아 씨가 검은 옷을 입은 남자를 노려보았다.

"이 자식……! 네가 길드에서 소문이 난 실력 있는 뱀파이어 헌터냐?!"

"그렇고말고. 이 흡혈귀 하나 죽이는 거야 어렵지 않지만, 용사한테 쫓기고 싶진 않았거든."

"마치 우리는 아무래도 좋다는 것처럼 들리는데?!"

"용사라면 몰라도, 느려터진 마법사나 회복이 고작인 프리스트가 나를 상대할 수 있을 것 같나?"

남자의 말대로였다. 공주님과 아나스타시아 씨가 분한 표정을 지었다.

그때——.

"뭣이……! 심장을 꿰뚫었는데……?!"

순식간에 벌어진 일이었다.

바닥에 쓰러져있던 오빠가 일어나면서 검을 휘두르자 뱀파이어 헌터의 목이 바닥에 뚝 떨어졌다.

"스킬…… '이 악물기'라는 거다. 치명상을 입어도 잠깐은 움직일 수 있지. 하지만…… 심장을 당했으니…… 나도 여기서 끝일……지도…….."

오빠는 그렇게 말하고는 죽은 남자의 몸 위로 쓰러졌다.

"치명상입니다! 이대로 있으면 틀림없이 죽어요! 마법으로 간신히 버티고는 있지만…… 저로서는 어떻게 할 방도가…….."

"넌 프리스트잖아?! 회복이 전문 아니야?! 어서 살려내! 다이키가…… 다이키가 진짜 죽는다고!"

"최선을 다하고 있어요! 하지만…… 저는 완전회복마법을 쓸 수 없어서…… 이게 한계란 말입니다!"

"그럼 어떻게 하면 좋아!"

눈물을 흘리는 아나스타시아 씨에게 공주님은 무거운 표정으로 절벽 위를 가리켰다.

"방법은 하나뿐이에요. ……엑스트라 포션."

"하지만 선민의식과 배타주의의 화신과도 같은 그들이 인간을 도울 리가……!"

"천익인은 마물을 아주 싫어합니다. 전승 중에는 마물을 토벌하는 용사에게 아이템을 줬다는 이야기도 있지요."

"하지만 그건 용사니까 그런 거잖아? ……내가 가도 들어주지 않을 텐데?"

"용사가 위험한 상태라고 전하면…….."

"그걸 그들이 믿을 것 같아?!"

"…………."

"…………."

결국 공주님은 한숨을 내쉬었다.

"……사면초가이군요."

"차라리…… 도시를 습격해서 빼앗는 게……"

"천익인의 도시에는…… '케르베로스의 주박'이라는 전승도 있습니다."

"천익인의 도시에서 도둑질하면 저주를 받아 죽는다는 거? 그저 옛날이야기잖아?!"

"그렇게 치면 엑스트라 포션도 옛날이야기에 나오는 아이템이에요. 애초에 대체 당신 혼자서 어떻게 도시를 상대하겠다는 거죠? 어쩌다 성공한다고 해도 천익인을 신의 사자로 숭배하는 성황국이 완전히 돌아설 겁니다. 그러면 성기사단의 지원은 기대할 수 없겠지요."

"젠장…… 대체 어떻게 하면 좋단 말이야?!"

나는 주먹을 꽉 쥐고, 결의를 다지며 고개를 살짝 끄덕였다.

"제가…… 갈게요. 엑스트라 포션이 어디 있는지도 아니까……그 정도라면 저라도 빼 올 수 있을 거예요."

"……뭐?"

나는 상의와 속옷을 벗고 칼로 칼집을 냈다.

그리고 등에서 날개를 꺼낸 뒤, 다시 속옷과 상의를 입었다.

"숨기고 있어서 죄송합니다. 저는 인간과 흡혈귀의 혼혈이 아니에요."

"……설마…….."

"흡혈귀와 천익인의 혼혈입니다."

그 말에 모든 것을 이해한 두 사람이 천천히 고개를 끄덕였다.

"부탁해. 아리엘!"

"완전회복마법이라도 죽은 사람을 되살릴 수는 없어요. 그러니 반드시— 아리엘이 돌아올 때까지 다이키 씨는 제가 절대 죽지 않도록 하겠습니다."

나는 절벽 위를 바라보며— 새하얀 날개를 펼쳤다.

절벽 정상.

천익인의 도시까지의 높이는 약 5백 미터.

사실 나의 날개로는 수직상승을 할 수가 없다.

……오히려 상당히 무모한 짓이었다.

평소라면 절벽에 붙어 짧은 비약을 반복하는 것이 보통이지만, 지금은 시각을 다투는 상황. 나와 오빠에게 그런 여유는 없었다. 나는 날개를 크게 펄럭여 위로 날아올랐다.

수직 방향으로 하늘을 난다는 것은 쉬지 않고 전력 질주를 하는 거나 마찬가지다.

만약 닿기 전에 힘이 다한다면 그대로 나락에 떨어지겠지.

하지만…….

──내 탓이다.

그렇다. 모두 내 탓이다. 나를 노리던 뱀파이어 헌터 때문에……

나 때문에, 나 같은 것과 얽힌 탓에…… 지금 인류의 역사가 바뀌려고 하고 있다. 아니, 바뀌기 직전이다.

그래도 아직…… 늦지 않았다.

"그렇다면── 내가 책임질 수밖에 없잖아!"

가슴에서 뜨거운 무언가가 솟구쳤다.

등의 날개가 크게 펄럭이며 강하게 허공을 때렸다.

가속. 가속. 더욱 가속. 온 힘을 다해서, 전속력으로.

나는 벅찬 마음을 힘으로 바꾸어 하늘을 박차고 올라가── 훨훨 날았다.

그러나 아무리 마음을 강하게 먹어도 한계가 없어지는 건 아니다.

바로 숨이 가쁘고 손발이 무거워졌다. 아니, 무거운 정도가 아니라 손발이 저리고 있었다.

끝내는 온몸이 저리고 머릿속이 멍해져 점점 아무것도 생각할 수가 없게 되었다.

──철새는 폐에서 피를 토하며 바다를 건넌다고 한다.

그와 마찬가지로 한계를 맞이하기 시작한 나는── 왈칵 피가 섞인 숨을 토해냈다.

그때 오빠의…… 용사님의 얼굴이 머릿속에 떠올랐다.

『어른이 되면 나—— 오빠랑 결혼할래.』

꽃잎이 날리는 화단에서 내가 진짜 오빠에게—— 우리 오빠에게 했던 말이 불현듯 떠올랐다.

"나 때문에 이 이상…… 사랑하는 사람을 죽도록 놔두지 않겠어! 반드시—— 살려낼 거야!"

——강하고 다정한 용사님.

그 사람을 존경하니까. 다시 한번…… 날개야, 움직여줘!

——강하고 다정한 용사님.

그 사람을 살리고 싶으니까. 다시 한번…… 날개야, 움직여줘!

——강하고 다정한 용사님.

오빠와 같은…… 용사님.

그 사람이 정말 좋으니까, 절대 죽도록 놔두고 싶지 않으니까. 그러니 부탁이야, 나의 날개야——.

"한계를 넘어서—— 하늘 끝까지 날 데려가 줘!"

몽롱한 의식 속에서 나는 계속 날아올랐다.

그리고 끝내 나의 의식은 끊어졌다.

아마 그야말로 한순간이었겠지만.

다시 정신이 들었을 때는 절벽 위에 드러누워 있었다.

엑스트라 포션은 시가지에서 떨어진 숲속의 오래된 우물에서 샘솟는다.

들은 이야기로는 우물 속에는 연금술의 최고걸작이라 불리는 현자의 돌이 보관되어 있어서 그 영향으로 물이 마법적 변화를 일으킨다고 했다.

원리야 모르겠지만 이 우물은 그렇게 끝없이 물을 흘려보내고 있었다.

물론 이 땅에서 몇 년을 보낸 나는 그 사실을 알고 있고, 거의 경비가 없다는 것도 알고 있었다.

아마…… 시가지를 피해 숲을 따라가면 한 사람도 만나지 않을 것이고 실제로 그럴 뻔했다.

단 한 가지 오산이 있었다면── 나의 큰아버지가 정말 우리 가족을 좋게 여기지 않았다는 점일까.

"두 번 다시…… 이곳으로 돌아오지 않는다고 하지 않았던가? 설마 좀도둑이 되어 돌아올 줄은 몰랐구나."

가죽으로 만든 물통에 엑스트라 포션을 담는 사이 위병에게 포위당했다.

나는 용사님이 위급하다는 설명을 했다.

"큰아버님. 부디 용사님을……! 부탁이니…… 제발 보내주세요!"

잠시 생각하던 큰아버지가 살짝 고개를 끄덕였다.

"좋다…… 대신 두 가지 조건이 있다. 아리엘이라는 이름의 의미를 아느냐?"

"……모릅니다."

"'아리엘'은 천익인의 시조와 똑같은 이름이다. 너 같은 존재가 그 이름을 갖는 것 자체가 큰 모독이다. 따라서 앞으로 일절 아리엘이라는 이름을 쓰지 마라."

"알겠습니다. 또 하나는?"

"또 하나는…… 네 목숨이다. 이미 끝난 일이다만."

"…………?"

"네가 이곳에 돌아온 것을 우리가 어찌 알았다고 생각하느냐? 케르베로스의 사슬이 움직였기 때문이다."

"……물건을 훔친 자를 저주하여 죽인다는 그거요?"

"천익인은 살생을 싫어하기에 죄인이 나오더라도 한 번은 눈감아준다. 그렇기에 마물과 섞였다는 사실을 숨기던 너희의 목숨도 빼앗지 않았지. 그러나 네가 이 도시에 돌아온 순간 저주가 발동했다."

"……그랬……군요."

"이제 가거라. 구하고 싶은 사람이 있다 하지 않았느냐? 시간도 많지 않겠지. 다들…… 길을 비켜주거라."

그러자 위병 중 한 사람이 입을 열었다.

"정말 보내줘도…… 괜찮으시겠습니까? 기껏해야 엑스트라 포선을 훔쳤다고는 하나……."

"진조 흡혈귀와 사랑에 빠진…… 불쌍한 여자라고 해도 이것의 어머니는 내 동생이다. 더구나 이미 이 아이의 목숨은 명부의 신에게 넘어갔어. 마지막쯤은 원하는 대로 하게 놔두거라."

아무래도 나도 오빠도 시간이 별로 없는 듯하다.

나는 아래로 돌아가기 위해 그들에게서 등을 돌렸다.

그때 큰아버지가 나의 어깨를 툭 두드렸다.

"다시 확인하겠다. 설령…… 곧 죽을 목숨이라고 해도, 앞으로 아리엘이라는 이름은 쓰지 마라. 그것은 모든 천익인에 대한 모독이다. 그것이 이곳에서 무사히 보내주는 조건이다."

"알겠습니다. 큰아버님도…… 마지막으로…… 어머니를 향한 친절함을 보여주셨다고 생각합니다. 그렇다면 저도 약속을 지키겠습니다."

시꺼멓게 타버린 계곡.

용사님, 오빠가 눈을 떴다.

"아리엘…… 너…… 다리가……?"

주위로 흩어지는 은색 입자.

다리 아래서부터 마치 반딧불이 날아오르는 것처럼 차츰 빛이 되어 허공으로 흩어지고 있었다.

절벽 위 도시에서 활공하여 내려왔을 때부터 조금씩 사라지기 시작하였고, 빠르게 내려올수록 사라지는 속도도 빨라졌다.

"다이키…… 이건 케르베로스의 사슬이라 불리는 저주야…….”

"저주 중에서도 가장 강력하단 녀석이잖아! 천익인의 도시에서 물건을 훔치면 발동된…… 설마…… 아리엘이?!”

"그래, 옛날이야기에나 나오는 말인 줄 알았는데, 아무래도 진짜였던 모양이야. 아까부터 조사하고 있지만…… 저주를 풀 방법은커녕 마법인지조차 알 수가 없어.”

매우 두꺼운 마법서를 훑어보며 아나스타시아 씨가 한숨을 쉬었다.

"저승과 이승을 연결하는…… 케르베로스의 사슬에 이끌려 빛이 되어 강을 건넌다……. 뭐…… 케르베로스가 사는 지옥으로 가는 편도 티켓…… 주살이라는 말이겠지.”

그러자 오빠가 아나스타시아 씨의 어깨를 붙잡았다.

"그래서? 아리엘을 구할 수 없다는 거야?! 네가 어떻게 할 수는 없어?!”

아나스타시아 씨가 분한 표정으로 고개를 가로저었다.

"미안해. 나로서는 방도가 없어. 아무것도 해줄 수가 없어.”

"그런…………."

이윽고 손도 점점 손가락 끝부터 빛의 입자가 되어 사라지기 시작했다.

손목까지 빛이 되어 사라졌을 때, 오빠는…… 비통한 얼굴로 입을 열었다.

"아리엘? 무언가 하고 싶은 말 있어? 소원이 있다면 들어줄게.”

"나 있잖아, 우리 오빠에게⋯⋯ 했던 말이 있어."

"뭔데?"

"어른이 되면 나── 오빠와 결혼하겠다고⋯⋯."

"⋯⋯⋯⋯⋯."

"용사는⋯⋯ 다정하고 강해서⋯⋯ 마치 오빠 같았어⋯⋯."

"⋯⋯⋯⋯⋯."

"소원⋯⋯ 말해도⋯⋯ 될까?"

눈물을 흘리면서도 오빠는 억지로 미소를 지었다.

"그래, 괜찮아. 무엇이든 말해줘."

"다음에 다시 태어나면⋯⋯ 신부로⋯⋯ 맞이해줄래?"

"⋯⋯그래, 알겠어."

"약속⋯⋯이야?"

"그래. 약속할게."

"오빠⋯⋯ 정말⋯⋯ 좋아해⋯⋯."

"있잖아, 아리엘?"

"⋯⋯왜?"

"넌 지금까지 너무 슬픈 일만 겪었어. 많은 걸 참아야 했지. 우리와 있을 때도 계속 눈치를 보고 있었지?"

"⋯⋯응."

"다음에는⋯⋯ 하고 싶은 대로 마음껏 살아. 다시 태어나면── 네가 노예 취급을 당하는 것이 아니라, 네가 주위를 노예처럼 휘두르면서 살아."

"······하하······ 그······래······."

손발이 완전히 사라지자 오빠가 나를 꼭 안아주었다.

따뜻하다.

오빠의 품은 정말 따뜻하구나······.

행복한 기분이 든 순간── 나의 몸 전체가 단숨에 번쩍 빛났다.

본능적으로 느껴졌다. 끝이 가까워졌다는 것이.

"안녕······ 오빠······."

모든 것을 깨달은 듯 끊임없이 눈물을 흘리며── 그래도 여전히 오빠는 억지로 웃음을 지었다.

"안녕이 아니야. 헤어질 때는── 다시 만나자고 하는 거야. 나도 죽으면······ 너의 곁으로 달려갈 테니까."

"응······ 그럼······ 또······ 만나자."

"저세상에서 반드시 다시 만날 테니까. 그러니 조금만 기다려. 외롭지 않을 테니까."

그렇게 뚝뚝 흐르며 떨어지는······ 오빠의 눈물을 얼굴로 받아내며 나의 의식은──.

──소실되었다.

내가 다시 눈을 떴을 때 본 건 차디찬 백야였다.

해가 지지 않는, 빛으로 가득 찬 하얀 밤. 뭐, 지금은 아무래도 좋지만.

케르베로스의 사슬로······ 빛이 된 나는 강을 건너 이쪽 세계에

도달했다.

그리고 겨울 핀란드── 눈이 쌓인 교회 앞에서 의식을 잃고 쓰러져 있던 나는 신부님의 목소리에 눈을 떴다.

"날개……?! 천사……인가? 얘야? 정신이 드느냐? 이름을 알려주지 않으련?"

그때 큰아버지의 말이 머릿속에 떠올랐다.

──앞으로 아리엘이라는 이름은 쓰지 마라. 그것은 모든 천익인에 대한 모독이다. 그것이 이곳에서 무사히 보내주는 조건이야.

나는 고개를 저으며 신부에게 이렇게 말했다.

"아리엘…… ARIEL…… 아니…….."

지금 생각하면 그냥 거꾸로 읽었을 뿐, 너무 단순하게 짝이 없는 발상이지만 그때는 진지했다.

"저는── LEIRA…… 아니지. REILA…… 그래요, 저는 레이라입니다."

이렇게 나는 핀란드에서 성직에 종사하는 일본인 쿼터, 사카구치 부부의 양자가 되었다.

이후, 천익인의 날개를 고스란히 가지고 있던 나── 레이라 사카구치는 바티칸 기적(奇跡)인정국에 신의 기적이라 인정받게 되었다.

흡혈귀의 압도적인 재생능력이 약간 의심을 받기도 했지만.

아무튼 그 후 바티칸에서 다양한 분야의 교육을 받고, 미국으로 유학을 가 박사학위를 딴 나는 가장 적성에 맞던 퇴마를 하기 위해 이름부터 퇴마 조직 같은 도미니온즈에 들어갔다.

핀란드의 교회 앞에 쓰러져 있던 때부터 세어보면 어찌어찌 10년이 지났는데…….

"아, 정말…… 뭐가 이래…….'

고급 호텔의 한 고층 방에서 나는 커피를 마시며 아래로 펼쳐진 네온을 바라보았다.

──이미 오래전 이야기.

나도 이제는 원래 있던 세계보다 과학기술이 만연한 이 세계에서 보낸 시간이 더 길었다.

최근에는 그 모든 과거가 사실은 꿈이 아니었을까 하는 생각마저 들고 있다.

그저 불행한 추억만 있었기에 뇌가 잊고 싶은 것일지도 모르지만.

아마 나는 남들보다도 과거의 기억이 더 흐릿할 거다. 이유는 모르겠지만 시간이 지나면서 점점 흐릿해져, 이제는 함께 했던 사람들의 얼굴조차 기억이 나질 않는다.

──그래서인지 그의 얼굴을 처음 봤을 때도, 나는 아무것도 생각나지 않았다.

애초에 내 머릿속에 애매하게 남아 있는 그의 인상은 날카로운 눈초리와 예리한…… 그냥 대놓고 말하자면 멋있는 느낌이었다. 그런 걸 뭐라고 하지? 분위기 미남? 하여튼 그런 거였다.

그런데 여기서 처음 만난 그 녀석은 히죽거리는 얼굴이며 얼빠진 분위기며…… 뭐, 백은 갑옷을 입은 용사님이 아니라 후줄근한 교복을 입은 시원찮은 남자 이미지였으니까 몰라 볼만도 하지만…….

아니, 사실은 마음 어딘가에서는 알아보고 있었을지도.

하지만 처음 만난 그날은 눈동자에 마력이 감돌지 않는다는…… 그런 사소한 일에 정신이 팔리고 말았다.

사실 시간이 어긋나 있을 거란 생각 자체를 하지 못했다. 나는 케르베로스의 사슬로 끌려왔고 저쪽은 귀환 마법으로 돌아와야 했다. 단순하게 생각하면 시간이 맞질 않는다.

──그런데 오늘…… 그가 전격 마법으로 구미호를 물리쳤다. 이쪽 세상 사람이 알 리 없는, 어머니에게서 질리도록 들은 용사의 비기로.

이미 자신이 용사라고 증명한 거나 마찬가지였다.

거기서부터는 머릿속에서 모든 일이 빠르게 짜 맞춰져 갔다.

진실에 도달한 나는 현장에서 인사도 하는 둥 마는 둥 도망치듯이 떠났다.

하지만 내일이 오면 싫어도 학교에서 그와 얼굴을 마주치리라.

"이걸 어쩐다……."

나는 그의 집 쪽을 바라보았다.

『반드시 다시 만날 테니까. 외롭지 않을 테니까.』

그때 그의 말을 떠올리고 나는 쿵쿵…… 크게 뛰는 가슴의 고동을 느끼며 고개를 끄덕였다.

"오빠…… 아니, 그 녀석의 말이 맞았어. 정말…… 우리는……
다시 만났구나."

내일 학교에서 그와 어떤 얼굴로 만나면 좋을까.

그는 여행하던 도중 잠시 데리고 다니던 작고 작은 불쌍한 여
자아이를 기억하고 있을까.

내일이 너무 기다려지면서 동시에…… 조금 무섭다. 기쁘기도
하고…… 불안하기도 하다.

여러 가지 감정이 나의 가슴속에 휘몰아쳤지만, 딱 두 가지는
확실하게 말할 수 있다.

하나는 오늘 밤은 절대 잠들지 못할 것이라는 점.

그리고 다른 하나는 아침에 교실에서 그와 만난 순간 반드시 이
렇게 말할 것이라는 점이다.

즉——.

『잠깐만, 너? 중요한 이야기가 있으니 지금 당장 옥상으로 오
지 않을래?』

사이드: 레이라 사카구치

그리고 며칠 뒤.

"이것으로 입금 완료."

아베노 카구야가 스마트폰을 만지며 고개를 끄덕였다.

"인터넷 계좌로 15억. 입금 확인했어."

나는 골프백에 든 몇 자루의 일본도를 받으며 한숨을 내쉬었다.

"왜 그러지? 레이라 사카구치? 눈 밑에 다크서클이 생겼는데?"

"약간 수면 부족이라…… 며칠간 바티칸을 왕복했고, 또 일본에 돌아오자마자 이렇게 거래하러 나왔잖아?"

"어머, 너도 여러모로 큰일이구나."

"뭐, 그러니 난 이제 돌아갈게."

——모리시타 다이키가 구미호를 쓰러뜨린 다음 날 아침.

학교에서 만나자마자 내가 모리시타 다이키를 옥상까지 끌고 가려고 한 날의 일이다.

갑자기 바티칸의 사자가 전화를 걸어왔다.

"뭐?! 이탈리아…… 바티칸에서 긴급호출?! 난 오늘 중요한 용건이 있는데?!"

"아시는 바와 같이…… 도미니온즈의 양산 성공으로…… 미국과의 관계가 급속하게 악화 중이라…… 정식부대인 크루세이더, 암부인 매장사단을 포함한 모든 주요전력을 모은 긴급회의입니다."

"그런 거 난 몰라! 난 오늘…… 자칫하면 인생에서 가장 중요한 일이 기다리고 있는데?!"

"레이라 님…… 그것이 바티칸의 의사입니다. 회의에 결석하면 바티칸에 대한 반역이 될 수도 있습니다."

나는 잠시 침묵하다 바티칸의 사자에게 물었다.

"정말 어떻게든 할 수 없어? 나 하나쯤은 없어도……."

"주요전력은 모두 참가. 그것이—— 바티칸의 의사입니다."

나는 다시 생각했다.

아마 여기서 결석하면…… 교회에서 나의 위치가 상당히 위험해진다.

이번 일은 아마 그런 수준의—— 긴급소집이다.

"……알겠어. 하지만 일이 끝나면 난 바로 돌아갈 거라고?"

"이후의 행동은 자유롭게 하십시오."

그렇게 나는 바티칸으로 갔다가 한밤중에 나리타로 바로 돌아왔다. 전파가 연결되자마자 아베노 카구야에게 전화가 걸려와 검몇 자루를 거래했다.

——그 뒤로 나는 아베노 카구야에게 받은 물건을 바티칸에서 온 사자에게 건넸다.

그리곤 호텔에 도착하여 두 시간쯤 지나 아침이 되어서야 스위트 포테이토가 완성되었다. 그에게 빈손으로 가는 것이 아무래도 마음에 걸렸기 때문이다. 다행히도 내가 묵고 있는 곳은 스위트 룸이므로 간이 부엌도 딸려 있었다.

'아, 맞다. 좋아하는 다르질링 티를 보온병에 넣어 가자. 후후. 대체 어떤 표정을 지으려나.'

상상하니 나도 모르게 표정이 풀어졌다.

오늘—— 옥상에서 나는 그와…… 티타임이라는 명목하에 간식을 손에 들고 옛날이야기를 할 생각이다.

앞일도 차분히 상의해야 하니까.

『다음에 다시 태어나면…… 신부로 맞이해…… 줄래?』

먼 옛날 한 유치한 약속. 그러나 그는 확실히 약속한다고 말했다.

그렇다면 나도 앞으로 어떻게 해야 할지 생각하지 않을 수가 없었다.

그렇게 아침 일곱 시, 나는 가방에 스위트 포테이토와 다르질링 티가 든 보온병을 담았다.

그날따라 아침 공기가 상쾌하고, 풀꽃이 싱그럽게 보였다.

교실에 도착하여 바로 그의 자리로 시선을 보냈다.

"뭐, 좀…… 일찍 와버렸나."

시계는 7시 20분을 가리키고 있었다. 다이키는커녕 내가 가장 먼저 교실에 도착해버렸다.

스스로 너무 들떴다는 생각이 들었지만, 마음이 멋대로 설레는 것은 어쩔 수 없었다.

8시가 가까워지자 여기저기 다른 학생들이 자리에 앉기 시작했다. 8시 20분이 됐을 땐 학생 대부분이 자리에 앉아 있었다.

그리고—— 8시 반, 등교 시간이 지나도 그는 나타나지 않았다. 그때 나의 귀에 근처에 앉은 남학생들이 커다란 목소리로 잡담하는 것이 들렸다.

"진짜라니까! 내가 봤어!"

"말이 되는 소릴 해라. 그 아베노 선배가 고급스러운 카페에서 모리시타 따위랑 밥을 먹고, 그대로 둘이 어디론가 갔다고? 그게 가당키나 한 소리냐."

"아니, 그렇지만 전에도 밥을 같이 먹은 적이 있었잖아? 두 번째가 있어도 이상할 건 없지 않아?"

"듣고 보니 확실히⋯⋯."

나는 그 말에 속으로 코웃음 쳤다.

그는 다음 생에 나를 신부로 맞이할 거라 약속했다.

이 약속에 아베노 카구야 따위가 끼어들 여지는 없다.

"아니 근데⋯⋯ 대체 왜 안 오는 거야?"

점심시간.

교실 안이 갑자기 소란스러워졌다. 나는 반 애들을 따라 창가로 시선을 보냈다.

"말도 안 돼, 진짜냐⋯⋯?"

"우와⋯⋯."

남자들이 비장한 표정으로 통학로를 바라보았다.

"저기, 무슨 일이⋯⋯ 아니?!"

나는 창밖을 보고 말을 잃어버렸다. 지각은커녕 점심시간이 되어서야 당당히 교문으로 등교하는 커플이 있었기 때문이다.

마치 연인처럼 손을 잡고 통학로를 걷는 아베노 카구야와——.

——내가 기다리던 다이키였다.

잠시 뒤, 교실로 들어오자마자 나는 한껏 불쾌한 얼굴로 모리시타 다이키를 노려보았다.

"저기, 너? 중요한 이야기가 있으니 옥상까지 와줄래?"

나는 옥상에 올라와서도 기분이 풀리지 않아 무심코 모리시타 다이키를 째려보았다.

"대체 어떻게 된 일이야?"

"뭐가?"

"너와 아베노 카구야의 관계 말이야! 단순한 문자 친구라며?! 그런데 왜 같이 손을 잡고 길을 걷는데?!"

나는 머리끝까지 화가 나 도저히 참을 수가 없었다.

"아, 남들 앞에서는 좀 사양해달라고 부탁했는데, 오늘만은 꼭 잡고 싶다며 듣질 않아서 말이지⋯⋯."

"질문에 똑바로 대답해! 단순한 문자 친구와는 손을 잡고 걷지 않잖아!"

"뭐, 저기, 뭐냐⋯⋯ 아베노 선배가 그⋯⋯ 문자 친구에서 진화했거든⋯⋯."

충격적인 대답에 나는 머리에서 핏기가 가시며 현기증이 일었다.

"모리시타 다이키! 너 말이야, 이세계에서 돌아온 용사지?"

"어⋯⋯?!"

눈을 크게 뜨고 놀란 모리시타 다이키에게 나는 허세를 부리기 위해 힘껏 가슴을 폈다.

"나의 정보망을 너무 얕보지 않는 게 좋을걸? 참고로 정보의 출

처는 비밀이야!"

"……이거 뭔가 골치 아픈 일이 늘어난 것 같은데……. 그래서?"

"네가 이세계에서 여행 도중에—— 도와줬던 금발의 작은 여자아이. 뭐 떠오르는 거 없어?"

"이상한 질문이군."

"어서 대답해!"

잠시 생각하던 모리시타 다이키가 입을 열었다.

"떠오르고 말고 이전에, 네가 무슨 말을 하고 싶은지조차 모르겠는데?"

"……그렇구나."

눈에 눈물이 차올랐다.

나는 눈물을 보이지 않으려고 몸을 돌려 달려가며 소리쳤다.

"어떻게 이럴 수가 있어! 정말…… 넌 진짜 나쁜 놈이야!"

나는 그대로 학교에서 뛰쳐나가 정처 없이 거리를 헤맸다.

도중에 비가 내리기 시작하였으나, 흠씬 젖는 것도 개의치 않고 그냥 계속 걸었다.

"하하, 정말 우스운 이야기네."

나만 들떠 있었다. 나만 기억하고 있었다. 그에게 나는…….

나는 그저 계속 걸었다. 끊임없이 걸었다. 마침 비가 눈물을 흘려보내 주니까.

사람들이 나를 피해서 걸어갔다. 반쯤 공허한 눈으로 흠뻑 젖은 여자가 걸어가고 있으니 그야 뭐…….

어느새 비가 그치고 하늘에 붉은색과 남색이 섞이는 시각이 되었다.

"후우······."

스스로 생각해도 바보 같은 짓이었다. 어린애처럼 그 자리에서 도망쳐 바보처럼 갈 곳도 없이 걷다니.

하지만 덕분에 아주 조금 마음이 진정되었다.

"······좋아. 돌아가자."

나는 뒤늦게 가방을 옥상에 두고 왔다는 걸 깨달았다. 호텔의 카드키도 가방에 들어 있고······ 어찌 됐든 이대로는 돌아갈 수는 없었다.

결국, 학교로 발걸음을 돌린 나는 도중에 아베노 카구야와 마주쳤다.

"어머, 누군가 했더니 친구가 없는 레이라 사카구치 아니야? 왜 이렇게 흠뻑 젖었어?"

"그래. 나는 친구가 없어. 그래서 괴로울 때 누군가에게도 털어놓지도 못해······."

"아니······ 무슨 일 있었어?"

"불평을 말할 상대도······ 너 정도밖에 떠오르지 않아. 그러니까······ 잠시라도 좋으니 내 이야기를 들어줘."

──그렇게.

나는 연적인 아베노 카구야에게 모든 사정을 털어놓았다.

참고로 그녀는 아직 다이키와 사귀는 건 아니라고 했다. 친구 이상 연인 미만인 관계라나?

뭐, 어느 쪽이든 아베노 카구야에게 이세계 이야기를 비롯해 내 사정을 털어놓는 게 번지수가 맞지 않는다는 것쯤은 알고 있었다. 하지만 이 마음이 찢어질 듯한 고통을 누군가에게 털어놓고 싶어서, '그러면 안 되지…… 그럼, 그러면 안 되지……'라고 토하고 싶어서 어쩔 수가 없었다.

"흠. 한마디로 넌 모리시타에게 배신감을 느끼고 있다는 거군."

"그런 거지……."

그러자 아베노 카구야가 피식 웃었다.

"너…… 바보야? 바보구나?"

"뭐? 바보라니……?"

"너, 모리시타한테 뭐라고 물어봤다고 했어?"

"이세계에서 여행 도중에 도와줬던 금발의 작은 여자아이로 뭔가 떠오르는 게 없냐고…….."

"그래. 그래서 모리시타가 뭐라 했어?"

"떠오르고 말고를 떠나 무슨 말인지도 모르겠다고…….."

그러자 다시 아베노 카구야가 의기양양하게 웃었다.

"그러니까 바보라는 거야."

"대체 뭐가?"

"모리시타가 이세계에서 구한 사람이 어디 한둘이겠니?"

"어…………?"

"모리시타는 나 같은 처녀빗치도 앞뒤 가리지 않고 구하러 오는…… 바보 같을 만큼 사람 좋은 양반이란 말이야."

나는 그제야 아베노 카구야의 말뜻을 이해했다.

"설마……."

"모리시타에게 사람을 구하는 건 일상 같은 일이었을 거야. 당연히 구해준 사람을 일일이 기억할 수도 없겠지. 넌 3년 전에 먹었던 점심을 기억하니?"

"……그래도 나는 약속했는걸! 나는 그 녀석에게 특별한 사람이어야 하고, 나도 그가 특별한──."

"어머나. 바보일 뿐만이 아니라 쓰레기였구나."

아베노 카구야가 대놓고 욕을 하며 나를 바라보았다.

"쓰레기? 어째서?"

"신부로 맞이해달라는 건 죽기 직전에 나눈 대화잖아? 너는 그걸 지금 와서 들먹이며 모리시타를 협박할 생각이야?"

"협……박……?"

"물론 모리시타야 워낙 사람이 좋으니까 네가 말하는 그 약속을 들먹이면 널 함부로 대하진 않겠지. 하지만 그랬다간 너는 영영 모리시타랑 맺어질 수 없어. 연애라는 의미로는 절대로."

"무슨…… 말이야?"

"반대로 생각해 보란 말이야. 너는 다 죽어가는 어린애가 하는 말을 무시할 수 있겠어? 그런데 그런 약속을 지금 와서 들이밀겠다고? 너라면 안 불편하겠니? 지금 들떠 있는 사람은 너뿐이란 말이야."

그건…… 그렇겠지…….

"…………."

"뭐, 그래도 그 약속을 꺼내고 싶다면 마음대로 해. 그렇게 민폐를 끼쳐봐. 하지만 이건 말해둘게."

"뭔데?"

"그런 약속을 방패로 내세워 모리시타에게 들이댄다면 난 널 경멸할 거야."

"경멸이라니…… 나와 모리시타 다이키의 약속이 그렇게 가벼운 거야?"

"글쎄? 옛날 일을 늘어놓는 게 나쁜 건 아니지. 하지만 과거를 인질 잡아서 매달리는 건 연적으로 어떨까 싶네."

아베노 카구야는 긴 머리를 쓸어 올렸다.

"너는── 지금의 네가 그렇게 자신이 없어? 세계를 넘어 10여 년간 갈고 닦은 레이라 사카구치라는 고작 그 정도야?"

아베노 카구야의 말은 나에게 큰 충격으로 다가왔다.

인정하고 싶지 않지만, 그녀의 말이 옳았다. 나는 그저…… 혼자서 들떠 신이 나 있었을 뿐이다.

"확실히 그럴지도. 그렇지만 네가 그런 말을 해도 돼?"

"왜 안 되는데?"

"너도 그 녀석을 노리고 있잖아? 네 손으로 적을 돕는 꼴인데?"

"어머나? 내가 그렇게 속이 좁은 여자로 보였어? 애초에 선택하는 건 모리시타지 내가 아니야. 그건 내가 어쩔 수 있는 게 아니지."

아베노 카구야가 당연하다는 듯이 말하는 모습이…… 나는 조금 멋져 보였다.

"자신만만하네? 그러다 그 녀석이 다른 여자를 고르면 얌전히 물러날 거야?"

그러자 아베노 카구야가 웃으며 대답했다.

"그래, 물러날 거야. 동시에 그를 죽이겠지만."

진심이 담긴 웃음. 웃고 있지만 웃고 있지 않은 극상의 미소.

──솔직히 무섭다. 피하고 싶을 정도다.

나는 이날 처음으로 아베노 카구야에게 소름이 돋았다.

나는 학교 옥상으로 가는 계단을 오르며 아베노 카구야에게 들은 말을 되새겼다.

솔직히 나도 약속에 대해 이런저런 생각이 들긴 하지만…….

"어……?"

옥상에 들어서자 그가 가방 2개를 들고 펜스에 기대고 있는 모습이 눈에 들어왔다.

"안녕."

"네가 여기 왜 있어?"

"가방에 카드키가 든 케이스가 달려 있었더라고. 잃어버리면 네가 집에 들어가지 못할 거 같아서. 여기 놔두기도 좀 그렇고 하니 그냥 기다리고 있었어."

"……언제부터?"

"점심시간부터 방과 후까지는 교실에서. 수업이 끝난 후엔 여기서 줄곧."

이미 시곗바늘은 7시를 넘어섰다. 즉 이 바보는 세 시간 이상이나 옥상에서 나를 계속 기다렸다는 뜻이다.

"그리고 금발 여자아이 말인데. 그쪽에서 그런 아이 하나를 구해서 같이 다닌 적이 있었어."

나의 심장이 크게 울렸다.

"……그래서?"

"결국, 죽었어. 구하지 못했거든. 너무 괴로웠지."

——그 아이가 나야……라는 말이 목구멍까지 올라왔으나, 아베노 카구야의 말이 머릿속에 울렸다.

『너는—— 지금의 네가 그렇게 자신이 없어? 세계를 넘어 10여 년간 갈고 닦은 레이라 사카구치라는 고작 그 정도야?』

"용사라도 전부 구하지는 못하나 보네."

"저쪽에서는 뜻대로 되지 않는 일이 참 많았거든. 정말로……."

"너는 그 애를 어떻게 생각해? 이세계를 떠돌아다녔으니 그만큼 많은 사람과 만났겠지. 그 애도 그저 도움이 필요했던 불쌍하고 약한 사람이었어?"

"그럴 리 없잖아. 그 애는…… 어린 나이에 너무 힘든 삶을 살았어. 사실은 내가 지켜줬어야 했는데…… 그러기는커녕 나를 살리기 위해 목숨을 버렸지."

"……응. 그래서?"

"그 애는 나에게…… 아무 의미가 없는 인간이 아니야."

"……그렇구나. 응…… 그래."

그의 말에 내 가슴 속 깊은 곳에서 따뜻한 감정이 솟아올랐다.

나는 모리시타 다이키로부터 빼앗듯이 자신의 가방을 받아들었다. 그리고 내용물이 젖지 않은 것을 확인하고 살짝 고개를 끄덕였다.

"있잖아?"

"응?"

"자, 이거."

"스위트 포테이토?"

"구미호 사건 때, 나도 아베노 카구야랑 함께 도움을 받았잖아, 사실상."

"뭐, 네가 그렇다면 그렇겠지."

"그…… 보답이야."

사실은 옛날이야기를 하며 같이 먹으려고 가져왔지만……. 지금은 말할 수 없다.

"어?"

"따, 따, 딱히……! 네가 기뻐하기를 바라며 만든 게 아니거든! 그냥 보답으로 만들었을 뿐이니까!"

볼에 올라온 미열로 얼굴이 달아오르는 것이 느껴졌다. 아아,

지금 해 질 녘이라 정말 다행이다…….

"풋, 하하하하."

"뭐, 뭐야?!"

"아 미안, 너는 정말 라이트 노벨의 히로인 같다 싶어서."

"그렇게 말하자면 넌 오래된 RPG 콘솔 게임에 나오는 용사 같 거든?!"

"하하, 그럴지도."

"에잇, 아무튼! 먹을 거야?! 말 거야?!"

"감사히 먹을게."

모리시타 다이키가 스위트 포테이토를 덥석 입에 넣었다.

"……맛있어?"

"응. 맛있어."

"……그래. 그런데…… 내일 점심은 도시락이야?"

"아니, 그냥 빵 사 먹을 생각인데, 왜?"

"그럼 같이 식당에서 밥 먹지 않을래?"

"식당에서? 너, 평소에는 노예를 보내서 빵을 사 오라고 하지 않아?"

딱히 아베노 카구야가 한 말 때문은 아니지만, 나는 생각 끝에 이 녀석이 스스로 떠올릴 때까지 '아리엘'을 덮어두기로 했다.

우선은 같이 밥을 먹는 일 같은 평범한 것부터 시작해야지.

"시끄러워! 이건 내가 정한 나의 법리에 따른 결정사항이야! 이 러쿵저러쿵 따지지 말고 내일은 나와 점심을 먹어!"

"대체 넌 왜 그렇게 항상 거만하게 구는 거야!"

"얼른 돌아가기나 해! 이제 곧 해가 지겠어!"

"하긴 그러네."

옥상 출구를 향해 모리시타 다이키가 걸음을 옮겼다. 나는 그를 향해 오른손을 쑥 내밀었다.

"……무슨 의미인데?"

"계단은 어둡잖아. 1층까지면 돼, 에스코트해줘."

"내가 왜…… 뭐, 상관없지만……."

그러며 모리시타 다이키는 떨떠름한 얼굴로 나의 오른손을 잡았다.

그렇게 둘이서 계단을 내려오며 나는 정말 작은 목소리로 중얼거렸다.

"오빠……."

"응? 뭐라고 했어?"

"아무 말도 안 했어. 얼른 내려가, 이 바보야."

"정말 너 성격 나쁘구나."

"어딘가의 누군가에게 앞으로는 마음대로 하면서 살라는 말을 들었거든. 덕분에 이렇게 건방지기 짝이 없는 애로 자랐지."

나는 후후 웃으며 모리시타 다이키의 손을 강하게 꽉 잡았다.

"아프잖아? 너무 세게 쥐었다고?"

"이 정도가 딱 좋아."

그렇다. 힘차게 쥐는 것 정도가 딱 좋다. 이 손을 놓지 않도록.

절대 놓지 않도록.

　——두 번 다시 떨어지지 않도록.

바티칸의 성기사

하굣길에 있는 삼림공원.

나와 아베노 선배는 근처에 패스트푸드 가게에 들려 감자튀김과 너겟, 커피를 사와 삼림공원에 놓인 의자에 앉았다.

"후후…… 집에 가는 길에 군것질하며 공원에서 잡담이라니…… 마치 연인 같네."

"뭐, 남이 보기에는 그럴지도 모르겠네요."

"후후후……."

아베노 선배는 기쁘게 웃더니 문득 어흠 헛기침을 했다. 그러고는 진지한 표정을 지었다.

"자, 그럼 모리시타?"

"왜요, 선배?"

"우리의 첫 경험을 이야기하자."

"매번 그렇지만 너무 갑작스럽잖아요?!"

그리고 늘 그렇듯 아베노 선배는 당황한 나를 무시하고 말을 이어나갔다.

"첫 경험 말인데, 조금 기다려줬으면 좋겠어."

"대체 뭘 기다리라는 겁니까?"

"나는 경험이 없어서 말이지. 최근에는 혼자 밤마다 조금씩 익숙해지도록 연습하는 중이야."

"슬슬 그만하죠, 이런 대화. 설령 선배가 무슨 일에 대비해 뭘 준비하고 있다고 하더라도 그건 제게 할 이야기가 아니지 않습니까?"

"그러니까 난——."

아베노 선배가 입을 다물었다.

그리고 크게 크게 숨을 들이마시고는 이렇게 말했다.

"——확장하는 중이야."

"왜 뜸을 들이면서 그런 말을 하는 건데요?!"

"하지만 안심해도 돼."

"뭘 안심하라는 거야……?!"

아베노 선배가 고개를 끄덕이더니 다시 말을 이었다.

"찢어지지 않도록 조심해서 하고 있어. 그러니 안심해."

"그런 생생한 표현은 듣고 싶지 않아!"

"듣고 싶지 않다니? 우리의 미래를 생각하면 중요한 일이야. 그래, 이건…… 우리가 뛰어넘어야 할 시련이지."

"뭘 뛰어넘어요! 난 아직 그럴 생각이 없으니 아무리 열심히 확장해도 의미 없단 말입니다!"

그러자 아베노 선배가 화들짝 놀란 표정을 지었다.

"확장해도 의미가 없다니…… 설마 너……."

"뭐요?"

"앞을 놔두고 갑자기 뒤부터 뚫으려는 거야?!"

"왜 그런 대답이 나와?!"

"나도 만만치 않지만, 너는 정말 터무니없구나."

"댁이 할 소리냐?! 크흠, 아무튼, 저는 아직 선배의 처녀를 가져간다던가, 그런 생각은 없어요."

그러자 선배가 커피를 손에 들고 뚜껑을 열었다.

"저기, 모리시타——?"

"왜요?"

"나는 우리 둘의 첫 경험이라는 말밖에 안 했는데, 왜 나의 처녀가 어쩌고 하는 이야기가 나오는 걸까?"

"네?"

"아직 우리는 모래 놀이를 함께 한 적이 없잖니? 모래밭에서 산을 만들어 각각 앞뒤로 구멍을 뚫어 터널을 만드는 놀이 말이야. 나는 그 모래 터널의 앞쪽 구멍을 비밀리에 확장하고 있다는 말을 한 것뿐인데, 왜 모리시타 입에서는 처녀라는 말이 나온 걸까? 정말…… 너라는 인간은 구제불능의 변태구나."

"사람을 바보로 만들고 싶은 건 알겠는데, 그건 너무 억지스럽잖아?!"

그러나 아베노 선배는 나의 항의 따위는 들리지 않는다는 양 자연스럽게 커피가 든 종이컵을 들었다.

"선배? 설탕과 우유는 안 넣으세요?"

"어머, 모리시타? 우유와 설탕을 넣는 건 애들이나 하는 짓이야."

선배는 무슨 소릴 하냐는 듯 그대로 커피를 마셨다.

그리고는 살짝 고개를 끄덕이더니 표정 하나 변하지 않고 입을 열었다.

"――너무 써."

"그냥 설탕을 넣어!"

아베노 선배는 눈물을 글썽이며 나의 충고에 순순히 따라 커피에 설탕과 우유를 넣었다.

"응. 맛있네."

"처음부터 그렇게 했어야지……."

내가 한숨을 쉬자, 아베노 선배가 갑자기 손바닥을 짝 마주쳤다.

"참, 너와 나는 친구 이상의 관계가 되었는데 여전히 '아베노 선배'와 '모리시타'라고 부르는 건 좀 이상하지 않아?"

"뭐, 그것도 그러네요."

"슬슬 호칭을 바꿔보자."

"좋습니다. 뭐라고 불러드릴까요, 선배?"

잠시 생각하던 아베노 선배가 멋들어진 미소를 지으며 대답했다.

"카구야냥……이 좋겠어."

"네? 뭐라고요?"

아베노 선배가 입을 다물었다.

그리고 크게 크게 숨을 들이마시고는 이렇게 말했다.

"――카구야냥."

"모처럼 못 들은 척을 해줬는데 왜 대단한 걸 발표하듯이 다시 말하는 거예요?!"

"참고로 나는 이제 널 다이키냥이라고 부를 거야."

"부르지 마세요!!"

"그런데 모리시타?"

"다이키냥이라고 부른다며?!"

"그냥 안 부르려고. 아무튼, 네가 구미호와 싸운 날 말인데……."

"또 갑자기 화제를 바꾸네요…… 그날이 왜요?"

"너—— 여자랑 데이트한다고 하지 않았어?"

아베노 선배가 찌를 듯한 차가운 시선으로 나를 노려보았다.

"네, 저희 반 반장과 같이 영화를 봤는데요?"

"어머, 의외로 순순히 자백했네."

나는 살짝 짜증이 났다.

"자백이라뇨. 저는 딱히 나쁜 짓을 하지 않았고, 숨길 필요도 없는데요? 애초에 저희는 사귀는 사이도 아니고, 만에 하나 반장과 제가 내일 데이트를 하더라도 선배가 뭐라 할 자격은 없잖아요?"

그러자 아베노 선배가 조금 불쾌한 듯 볼을 부풀렸다.

"그럼 넌 그 반장이 마음에 들어?"

"뭐, 나쁘지 않죠. 오히려 제 취향에 가까운 편인 것 같은데요. 아무리 저라도 아무 관심도 없는 여자랑 데이트에 나가진 않아요."

아베노 선배는 볼을 부풀린 채 미간을 찡그렸다.

"대체 그 반장이라는 암퇘지의 어디가 마음에 드는데?"

"암퇘지……."

큰일이다. 내가 너무 반항적으로 구는 바람에 아무래도 선배의 기분이 상한 모양이다. 이대로 있다가는 괜히 반장이 욕을 먹을 것 같아 나는 얼른 상황을 수습하기로 했다.

"안경이요."

"안경이라고?"

사실은 선배보다 가슴이 더 크다는 게 진짜 이유지만, 나는 진실을 덮어두었다.

그건 말해선 안 되는 진실이다. 불에 기름을 끼얹는 격이랄까, 대화재에 니트로글리세린(로켓의 연료 등으로 쓰인다)을 들이붓는 짓이다.

"네. 옛날부터 저는 안경을 좋아했거든요. 뭐, 그런 사소한 이유입니다."

"흐음……. 그럼 간식도 다 먹었으니 슬슬 집에 갈까."

──그리고 다음 날 아침.

내가 만나기로 약속한 사거리에서 기다리고 있자니 머지않아 선배가 나타났다.

선배는 웬일인지 안경을 쓰고 있었다.

나는 걸어가며 선배에게 조심스럽게 물어보았다.

"선배, 원래 눈이 안 좋았어요? 평소엔 렌즈를 쓰고 있었는데 아침에 잃어버렸다든가?"

"아니."

"어? 아니에요? 그럼 왜 안경을?"

선배가 생글생글 웃으며 오른손 검지로 안경테를 천천히 밀어 올렸다.

"어제…… 갑자기 새로운 패션에 눈을 떴거든. 그래서 돌아가는 길에 샀어."

"…………."

"물론 도수는 없지."

"…………."

뭐랄까, 정말 알기 쉬운 여자다. 패션에 눈을 떴다는 말에 내가 속을 줄 아나?!

"주요 동기는—— 질투야."

기우였다. 아무래도 모두 알면서 저지른 범행인 모양이다.

"그래서 어때, 모리시타? 어울려?"

솔직히 안 어울린다. 아니 무얼 숨기랴, 사실 난 안경을 벗으면 의외로 미인인 반전을 좋아하는 편이다.

선배가 마치 칭찬해주기를 바라는 강아지처럼 나를 쳐다보고 있었지만, 이 상황에 거짓말은 상책이 아니다. 난 솔직하게 대답하기로 했다.

"안 어울리는데요?"

그때 연말 텔레비전 방송 『웃으면 안 ㅇ는 시리즈』에서 웃고 말았을 때 나오는 효과음이 들렸다.

[때대—앵! 모리시타 아웃! 스킬: 위험탐지가 발동되었습니다.]

이젠 예능까지 하는구나, 신의 목소리!

아니나 다를까 신의 목소리가 가르쳐준 대로 아베노 선배의 얼굴이 새빨갛게 물들더니 곧 파랗게 변했다.

그리고는 나를 째려보더니만 안경을 벗어 그대로 바닥에 내던 졌다.

　안경은 파직 소리와 함께 깨졌고, 선배는 나에게서 5m쯤 거리를 벌리더니 가방에서 스마트폰을 꺼냈다. 머지않아 내 스마트폰에 전화가 걸려왔다.

　"저기, 모리시타?"

　"아니, 선배. 왜 굳이 전화로 말하는 거죠?"

　"——문자 친구로 돌아가자."

　"네?"

　"나는 크게 상처받았어. 네가 안경을 좋아한다 해서 일부러 안경까지 구해왔는데…… 내가 오늘 아침 얼마나 들떴는지 알아?"

　"그러셨군요……."

　"그러니 문자 친구로 돌아가자. 역시 친구가 되기에는 너무 일렀어. 다시 한번 문자 친구부터 시작해서 천천히 가야 할 것 같아."

　와, 징글징글하다 진짜. 이 사람은 의심할 여지 없는 지뢰다.

　나는 어찌 대답할까 고민하다가 그냥 솔직하게 말하기로 했다.

　"선배는 안경이 어울리지 않습니다."

　"아직도 그 얘기야? 문자 친구조차 그만둘 생각이니?"

　"선배는—— 아무것도 걸치지 않았을 때가 가장 아름다워요. 원래 이쁘잖아요. 저는 선배의 얼굴을 좋아하는걸요? 그러니까 안경으로 가리지 말아주세요."

　"……좋……아해?"

"네, 저는 선배의 안경 없는 얼굴이 좋습니다."

선배가 전화를 뚝 끊고 나에게 걸어왔다. 그러고는 나의 오른손을 두 팔로 감쌌다. 이른바 연인 팔짱이다.

"자, 학교로 갈까── 달링."

"달링?!"

"그래, 어서 가자."

"아니, 안 되죠. 이러고 학교에 갔다간 소문이 쫙 퍼질 거라고요."

"미안하지만 나는 오늘 그런 기분이거든. 절대 놓지 않을 거야."

"하지만 가슴이 팔에 닿고 있는데요?"

"그야 대고 있으니까."

"그럴 줄 알았어!"

──솔직히 선배는 좀 피곤한 구석이 있긴 하지만 요즘 들어 조금 귀엽게 보이는 게, 나도 선배에게 조금씩 적응하고 있는 모양이다.

참고로 이날 결국 우리는 온 학교에 소문을 퍼트리고 말았다.

밤 11시 25분.

"후…… 피곤하다."

시험이 일주일 앞으로 다가온 나는 책상 앞에 앉아 가볍게 기지개를 켰다. 3년이나 용사 노릇을 하다 보니 내가 아직 '공부해야 하는 학생'이라는 걸 완전히 잊어버리고 있었다.

뭐, 스테이터스까지 들고 온 마당에 공부할 필요가 있나 싶지만.

이 능력을 이용하면 돈을 벌 수단이야 차고 넘칠 거다.

문제가 있다면 이만한 능력이 있는데도 아직 이렇다 할 인생의 목표나 꿈 같은 게 없다는 점일까. 다만, 향후를 생각한다면 대학 졸업장 정도는 가지고 있는 게 좋으리라.

애초에 아베노 선배와도 어떻게 될지 모르니까. 만에 하나 선배와 사귀게 되더라도 헤어질 가능성도 있고. 아니, 오히려 고등학생 때 사귀면 대부분 진로문제와 얽혀 깨지지 않나?

그렇게 되면…… 나는 대학에서── 꿈에 그리던 단체미팅에 나갈 수 있다!

그리고 마시지도 못하는 술을 다 같이 마시고 억지로 분위기를 띄워서──.

──임금님 게임! 와아~!

내 인생의 3대 목표 중 하나인 임금님 게임을 하는 것이다.

임금님은 누구?!

1번이 3번의 볼에 뽀뽀!

2번이 5번에게 허그!

──오오오~!

"후후후, 바로 그거야……."

나는 한숨 돌리기 위해 자리에서 일어섰다.

휴식을 마치면 문제집을 다섯 문제 더 풀자. 임금님 게임을 하려면…… 우선 대학에 들어가야만 한다.

잠시 바깥 공기라도 쐴까…….

나는 내 방 창문으로 이동했다.

우리 집은 건물과 건물 틈에 지어진 탓에 층 면적이 작다. 좁은 땅에 3층을 올려 겨우 집 구실을 하고 있다고 보면 된다.

그러다 보니 옆집과 거리도 몹시 가까울 수밖에 없는데, 가령 내 방 창문은 이웃집 창문과 고작 1m밖에 안 되기 때문에 커튼을 치지 않으면 서로 훤히 보인다는 문제가 있다. 만약 옆집에 내 또래의 여자애가 살고 있고, 어느 날 우연히 커튼을 닫지 않고 옷을 갈아입기라도 한다면 그야말로 큰일이 나는 것이다.

그러나 현실은 옆집 여자애 따위 없는, 그냥 빈집이다. 내가 커튼을 걷고 창문을 열어도 아무 문제도 일어나지 않는다.

"휴우……. 공부한다고 앉아 있으면 답답해진단 말이지. 역시 바깥 공기를 마셔야……."

나는 주저 없이 커튼을 걷고 창문을 열었다. 그런데 분명히 얼마 전까지 빈집이었던 그 방이, 오늘은 불이 켜져 있었다. 심지어 창문까지 활짝 열려 있었다.

"억?!"

나는 익숙지 않은 광경에 깜짝 놀라 곧바로 눈을 돌리려고 했으나, 내 눈은 그보다 빨리 창문 안쪽을 들여다보고 말았다. 거기에는——

——속옷 차림의 레이라 사카구치가 있었다.

줄무늬 팬티에 줄무늬 브래지어…… 신장 145cm에 앳된 얼굴. 전에는 스포츠 브래지어였는데 오늘은 없는 가슴에 억지로 브래지어를 하고 있었다.

뭐지, 갑자기 색(色)에 눈을 떴나……. 어느 쪽이든, 사카구치의 브래지어는 너무 헐렁해서 속이 다 보일 것 같았다. ――가 아니라!

"뭘 엿보는 거야! 이―― 변태가!"

"대체 네가 왜 옆집에 있는데?!"

"시끄러워!"

내 항의를 보기 좋게 무시한 사카구치는 자기 방 창문틀을 밟고 내 방 창문을 향해 힘차게 뛰어들었다. 당연하지만 창밖을 보고 있던 나는 그대로 뛰어 들어오는 사카구치의 발에 치였다.

"커헉!"

"이…… 변태! 변태! 변태――――――!"

밑에 깔린 나. 사카구치는 그대로 거침없이 두 주먹을 나에게 휘둘렀다.

"기다려! 잠깐만! 말로 해! 말로 하자고!"

"시끄러워!"

사카구치가 멈추지 않고 나에게 두 주먹을 휘둘렀다. 나는 스테이터스 보정이 있으니까 주먹으로 조금 맞은들 아프진 않지만, 이건 다른 의미로 위기였다. 속옷 차림의 여자가 남자 위에 올라타고 있는 거다. 즉――.

"야, 그만해! 기승위 같잖아!"

나의 말에 사카구치가 잠시 멈췄다. 그리고 무언가를 생각하더니―― 얼굴이 새빨개졌다.

"말도 안 돼! 정말! 최악이야! 죽어! 그냥 죽어! 넌 죽어버려! 이 변태가! 변태, 변태, 변태──! 일부러 이런 자세로 유도한 거지?! 이 변태!"

사카구치가 다시 나에게 두 주먹을 마구 휘둘렀다.

"아니, 네가 한 거잖아?! 쿨럭!!"

아무튼 여러모로 위험하다. 정확하게 말하자면 주먹을 휘두를 때마다 가랑이와 가랑이가 격하게 마찰하고 있었다. 즉──.

"야, 그만해! 스마타 같잖아!"

그러자 사카구치의 주먹이 또다시 멈추었다. ──그리고는 얼굴이 새빨개졌다.

"말도 안 돼! 진짜 최악이야! 죽어! 그냥 죽어! 넌 죽어버려! 이 변태! 변태, 변태, 변태──!"

더욱 격렬한 펀치가 날아왔다. 즉, 더욱 격렬하게 가랑이가 마찰하고 있었다. 안타깝지만 이걸 견딜 만큼 내 정신은 강인하지 못했다…….

"아니, 사카구치 이제 진짜 그만──."

"죽어! 그냥 죽어! 죽어버려!"

뭔가 사카구치의 볼이 약간 분홍빛으로 물들기 시작했다. 호흡도 좀 이상해진 것 같았다.

"이제…… 너 같은 건…… 너 같은 건…… 죽…… 어…… 죽…… 어…… 버…… 려……!"

갈수록 사카구치의 주먹에서 힘이 점점 빠져나갔다. 아래쪽 마찰은 여전히 격렬했지만.

"이…… 이런…… 변…… 태……! 넌…… 변…… 태…… 야……! 으응……!"

아니, 잠깐만 마지막의 "으응……!"은 뭐야?! 이 녀석 설마?!

저 모르게 달아올라 자각 없이 허리를 흔들고 있는 거 아냐?!

그때 사카구치가 두 손으로 나의 목을 졸랐다.

"그럼…… 조르……기…… ."

이제 팔에 힘이 거의 남아 있지 않은지, 사카구치는 내 목을 감싸듯 살며시 붙잡았다.

그리고 동시에 힘차게 나의 가랑이를 눌렀다.

"으응……!"

그러니까 "으응……!"이 뭐냐고?!

"하아…… 하아…… 오…… 빠…… ."

사카구치의 달콤한 숨결이 나의 볼에 닿았다. 물론 이러는 와중에도 그녀는 내 목을 붙잡고 하반신을 끊임없이 움직이고 있었다.

"하아…… 하아…… 하아…… 하아…… ."

결국 사카구치는 목을 조르던 손을 놓고 나에게 매달렸다. 허리만은 여전히 꾹꾹 들이밀면서…… 애타는 숨소리만이 나의 방에 크게 울렸다.

아니, 이 녀석, 무의식적으로 움직이고 있는 게 맞긴 한 건가?! 그건 그것대로 대단하다만!

그리고 사카구치는 이윽고 무언가에 견디듯 파카 위로 내 목을

깨물기 시작했다.

"응…… 으응…… 하아…… 오…… 빠…… 으음……."

진짜 위험해질 것 같은 예감이 들던 나는 어떻게든 그녀 밑에서 빠져나와 입고 있던 후드를 벗어 그대로 사카구치에게 강제로 들이밀었다.

"이, 이, 일단 이걸 입어! 속옷만 입고 있을 순 없잖아!"

그러자 사카구치는 어깨를 들썩이며 크게 숨을 내쉬고는…… 퍼뜩 정신이 들었는지 더욱 볼을 붉게 물들였다.

"……진짜 최악이야!"

"네가 멋대로 한 거잖아?!"

사카구치는 나에게서 옷을 낚아채고는 재빠르게 입고 지퍼를 쭉 올려 속옷이 보이지 않게 했다. 물론 매끈한 허벅지는 여전히 잘 보였지만.

그녀가 가슴을 펴고, 허리에 왼손을 올리며 오른손으로는 나를 척 가리켰다.

"아무튼, 네가 나빠!"

"이게 무슨 억지야?!"

"억지고 뭐고! 내 속옷 차림을 봤으니 책임져! 책임!"

"책임이라니……."

나는 후우 한숨을 내쉬었다.

"뭐야? 여자의 속옷을 봐놓고 책임지지 않을 셈이야?"

"뭘 어떻게 하면 되는데?"

그러자 사카구치는 다시 얼굴을 새빨갛게 물들이더니 한참을 머뭇거린 끝에 간신히 입을 열었다.

"……옛날 약속. 신부로 맞이해준다는 약속을 했으니까…… 그런 쪽으로 책임져!"

[스킬: 러브코미디 주인공 보정(중)이 발동되었습니다. 모리시타 다이키는 귀가 멀어졌습니다.]

"어? 뭐라고?"

신의 목소리가 들린 것 같다만, 기분 탓이겠지.

사카구치도 무언가를 말한 것 같지만 아마 그것도 기분 탓일 거다.

그나저나 이 상황, 뭔가 데자뷔가 느껴지는데…… 공주가 나더러 중요한 얘기가 있다고 어디로 끌고 가기만 하면 이랬던 것 같은 기분이…….

"그 · 러 · 니 · 까! 옛날 약속이라고! 신부로 맞아준다며! 한마디로…… 그런 책임이야!"

[스킬: 러브코미디 주인공 보정(강)이 발동되었습니다. 모리시타 다이키는 무척 귀가 멀어졌습니다.]

"어? 뭐라고?"

이세계에 있을 때도 공주가 뭔가 말하면 동시에 나는 머릿속이 멍~해지곤 했다. 그럴 때마다 공주는 허탈하게 웃으며 "다른 날을 기약하도록 하죠"라고 말하는 바람에 결국 뭐였는지 모르는 채 끝났는데, 아무래도 사카구치는 아닌 모양이다.

그녀는 어깨를 부들부들 떨더니——.

"세상에———! 진짜 믿기지가 않아! 뭐야, 너?! 대체 어쩌자는 거야?!"

곧이어 사카구치의 손바닥이 내 뺨을 후려쳤다. 살짝 억울했지만, 동시에 마음속 어딘가에서…… 뭔가 맞을 짓을 했다는 생각이 들었다.

"아무튼, 왜 네가 옆집에 있는 거야?"

"이사 왔어. 사람도 점점 늘어날 텐데 언제까지고 호텔에 살 수도 없으니까."

사람이 늘어난다는 게 뭔 소리…… 헉!

생각 도중에 뭔가 잘못됐다는 걸 느낀 나는 재빨리 시계로 고개를 돌렸다.

어느새 약속한 11시 반을 15분이나 지난 상태였다. 나는 후다닥 스마트폰으로 달려갔다.

——착신 65건…… 부재중 전화 3건.

속옷 위에 후드만 걸친 채 내 방에 있는 사카구치. 터무니없는 문자 수. 위험하다. 아주 위험하다. 왜 스마트폰을 무음으로 해놨던 거냐, 나는! ……아, 공부 때문인가. 아니, 그게 아니고, 진짜 큰일 났다!

"사카구치! 지금 당장 너희 집으로 돌아가!"

"어? 왜?"

"묻지 말고 얼른! 늦기 전에 움직여! 녀석이…… 녀석이 분명

바로 가까이 와 있다고!"

"뭐라고? 녀석? 그게 뭐야?"

"됐으니까, 지금 당장 이 방에서 도망쳐!"

바로 그때—— 베란다의 유리문을 똑똑 두드리는 소리가 들려왔다. 불행하게도 오늘은 통로 쪽 베란다의 커튼을 치지 않았다. 즉…… 베란다에서 방 안이 그대로 보인다는 뜻이다.

——스르륵. 유리문을 여는 소리와 함께 외벽을 타고 3층까지 올라온 그녀가 묘하게 밝은 목소리로 말했다.

"안녕하세요—— 접니다. 그런데 모리시타? 어째서 속옷 차림의 레이라 사카구치가 너의 방에서 너의 옷을 입고 있는 걸까? 이건 '사후'라고 생각해도 되는 거겠지?"

얼굴이야 환하게 웃고 있다만 전혀 웃고 있지 않다는 걸 알 수 있었다. 가면 같은 미소라 표현하는 것이 가장 가까울까.

한마디로——.

——그곳에는 마왕: 아베노 카구야가 서 있었다.

반경 약 50m의 콜로세움.

네모난 돌 타일이 깔린 원형 투기장에 꽉 찬 관객석이 더욱 관객들을 흥분시키고 있었다.

콜로세움의 관객석은 2m 두께를 자랑하는 투명한 강화 플라스틱을 설치하여 경기장에서 이능력자들이 아무리 화려하게 싸워도 안전하게끔 설계되어 있었다.

그중에서도 상류계급 객실에서는 정·재계는 물론, 뒷세계의 권력자들까지 턱시도나 드레스를 입고 모여 다 같이 와인잔을 들고 오늘의 대전 카드를 이야기하고 있었다.

그때—— 검은 정장을 입고 마이크를 손에 든 남자가 경기장 가운데로 걸어 나오자 모두의 시선이 그에게로 쏠렸다.

"신사 숙녀 여러분. 그럼 오늘의 메인 이벤트를 개최하겠습니다."

투기장의 동쪽을 가리키며 남자가 말했다.

"달인이 이곳에 있다! 살아 있는 전설! 동방무쌍! 동양의 신비를 단련한—— 파계선(破戒仙) 류사이!"

회장 밖까지 들릴 듯이 우렁찬 갈채가 쏟아졌다.

이어서 동쪽 선수 대기실에서 우람한 체격의 노인이 나왔다.

"3년 전, 극동의 월식일의 전설인 구미호에 필적한다는 신수, 기린을 투선술로 토벌했다는 전설…… 지금…… 여기서 되살아납니다!"

이번에는 남자가 서쪽을 가리켰다.

"나락에서 돌아온 남자—— 바티칸의 성기사! 린포드!"

방금 등장한 선인(仙人)과는 대조적으로 회장이 쥐 죽은 듯이 고요해졌다.

"여러분이 모르시는 것도 당연합니다. 그는 반년 전까지는 바티칸의 흔해 빠진…… 평범한 성기사였습니다!"

그러고는 남자가 크게 숨을 들이마셨다.

"그러나! 초고속 성장을 걸쳐 신조차 사냥한다는 바티칸 최강의 조직 '육천성(六天聖)' 중 하나인 무영의 검성: 리차드 성(聖)의 자리를 이어받았습니다! 바티칸 소속인 그가 도박이 판치고 살육이 난무하는 이곳에 온 이유는 무려! 동방무쌍이라 불리는 파계선을 쓰러뜨리고 자신의 실력을 증명하기 위해서입니다!"

남자의 선전 문구에도 관객은 별 반응이 없었다. 정장의 남자는 작게 한숨을 쉬곤 투기장의 출입구로 향하며 입을 열었다.

"솔직하신 분들이로군요. 판돈의 배율은 류사이가 1.05배, 리차드가 120배! 바티칸에서 류사이에게 무모한 도전장을 내민 것이 벌써 일곱 번째! 그럼 일방적인 살육쇼를 즐겨주십시오."

그렇게 남자가 투기장에서 모습을 감췄다. 투기장에 남겨진 것은 두 명의 남자뿐.

겉옷 없이 근육질 몸매를 드러내며 녹색 인민복 바지를 입은 파계선과 진홍색 갑옷을 입고 성검을 쥔 금발 적안의 바티칸 성기사였다.

"허허허. 정말 괜찮겠는가?"

"무엇이 괜찮냐는 말씀입니까, 어르신?"

"바티칸의 육천성쯤 되면 신수도 쉬이 건들지 못하는 이 몸이라도 실력을 보이지 않을 수는 없네만."

"예, 그렇겠죠."

"허나 나는 피와 살육을 좋아하는 파계선이라서 말일세. 자네를 살려 보낼 생각이 없다네. 설마 살아서 돌아갈 수 있다고 생각하고 있는 건 아니겠지?"

"후후. 그렇게 말씀하실 것 같았습니다. 다만 그건 제가 졌을 때나 가능한 이야기 아니겠습니까?"

그러자 파계선이 씩 웃었다.

"흐흐, 나는 이런 걸 좋아한다네."

"무엇을 말씀입니까?"

"자네처럼 주제도 모르는 애송이가—— 나의 투선술로 산산이 조각나는 장면을 말일세."

"악취미를 갖고 계시는군요."

파계선은 호쾌하게 웃더니 몸 안의 기를 가다듬기 시작했다. 그러자 그를 중심으로 불길하고 탁한 바람이 몰아쳤다.

"마치 태풍 같군요."

긴 금발 머리를 휘날리며 태연한 표정으로 성기사—— 린포드가 피식 웃었다.

"그렇게 가만히 있어도 되겠는가, 젊은이? 나는 투선 술식의 준비를 하고 있네만……? 아, 혹시 모르는 겐가? 내 비장의 투선술은 바티칸의 대규모 의식 마법에 필적한다네. 술식이 발동하기 전에 저지하는 것 말고는 막을 방도도 없지. 물론 나의 격투 기술을 뚫었을 때 이야기이네만."

"아뇨, 어르신. 알고 기다리는 겁니다. 이 싸움은 저의 힘을 바티칸에 보여주려는 의도도 담겨 있거든요. 온 힘을 다한 어르신을 철저히 꺾지 않는 한은 의미가 없습니다."

"후후…… 이 애송이가! 웃을 수 있는 것도 지금뿐이다!"

"하하, 마음대로 하십시오. 준비가 끝날 때까지 저는 아무것도 하지 않겠습니다── 아, 그러기엔 조금 따분하군요."

그러며 린포드가 손을 짝 마주쳤다.

"어디, 옛날이야기라도 할까요?"

"옛날이야기라니…… 자네, 정말 나의 술식이 완성될 때까지 기다릴 생각인가?"

"네. 참고로 저는 반년 전까지는 하잘것없는…… 평범한 성기사였습니다. 실력이라고 해봐야 제가 다섯 명은 있어야 도미니온즈 한 명을 겨우 상대하는 수준이었죠."

"육성천, 도미니온즈, 성기사…… 그리고 밑바닥에 거친 일을 도맡는 매장사단이 있다고 했던가?"

"맞습니다. 그리고 반년 전, 저는 대규모 요마 토벌 임무를 가게 되었습니다…… 작전명은 '어비스 홀'이었죠."

"어비스…… 남극의 동굴인가."

"잘 아시는군요. 저승과 이어져 있다는 마물의 출현 거점 중 하나입니다. 육천성 리차드 성이 이끄는 대대적인 토벌 임무였지요. 도미니온즈가 열 명, 성기사가 일흔 명이나 동원됐습니다."

"하지만 어비스에 뚜껑을 덮었다…… 봉인했다고 들었네만?"

"그게 엄청난 요마가 나온 모양이라, 저를 빼고 모두 전멸했습니다. 저는 어비스 지하를 내려갈 때 실족 사고를 당하는 바람에 본대와 떨어져 있어서 구사일생할 수 있었죠. 그리고 제가 어비스에서 돌아온 게 바로 요 일주일 전 이야기입니다."

"일주일 전이라고? 어비스로 향한 것이 반년 전이라고 하지 않았나?"

"네, 마침 제가 떨어진 곳이 재미있는 곳으로 이어져 있었거든요. 굳이 말하자면…… 황천길을 건너고 왔습니다."

"황천길?"

파계선이 고개를 갸웃했다.

"그 황천길을 건너편에서 무엇을 했기에 반년이나 걸렸단 말인가?"

"레벨을 좀 올렸습니다. 아, 말이 나온 김에 말씀드리자면 어르신의 투선술도 대단하긴 합니다만, 스킬 레벨로 치면 한…… 3정도 되려나요? 극에 달했다고 하기엔 아직 갈 길이 먼 것 같습니다."

"레벨? 무슨 말을 하는 겐가?"

그때 린포드가 손을 짝 마주쳤다.

"자, 슬슬 준비도 끝나지 않았습니까?"

"그렇지. 그러나 끝내기 전에 하나 묻고 싶네만, 성기사는 신의 가호를 받아 마법 내성이 높다고 들었는데 말일세."

"정확히 말하자면 마법방어: 스킬 레벨2입니다."

"아까부터 스킬이 어쩌고…… 대체 무슨 말인가?"

"후후. 뭐, 곧 알게 되실 겁니다."

"흠. 어쨌든, 자네는 정말 내 투선술을 받아낼 자신이 있다는 건가?"

"네, 그렇습니다."

그러자 파계선은 뒤로 가볍게 걸으며 거리를 더욱 벌리더니 손바닥을 높이 쳐들었다.

"그렇다면 원하는 대로 폭발하여 사라지도록 하게! 염룡이여!"

파계선의 머리 위로 황금빛을 뿜으며 불타는 거대한 용이 나타났다.

"선인은 육체를 버리고 정신적 존재가 되어 신격화, 즉 대지와 동화되는 것을 최종 목표로 삼지! 그리고 이것이── 선인만이 다룰 수 있는 풍수의 힘일세!"

관객석에서 감탄사가 연신 터져나 왔지만 린포드는 씨익 웃을 뿐이었다.

염룡은 파계선의 머리 위를 잠시 떠다니다 이윽고 린포드를 향해 돌진했다.

"플라즈마 제트라고 들어봤는가? 섭씨 수백만 도에 이르는 열기는 철도 한순간에 녹여버리지! 버틸 수 있다면 어디 한 번 해보시게!"

용이 입을 크게 벌리고 린포드를 통째로 삼키려고 하였다. 그러나──.

"스킬: 마법 공격 반사."

금색 용은 그대로 몸을 돌려 파계선을 향했다.

"뭣이?!"

어안이 벙벙한 파계선은 그 자리에 굳어 움직이지 못했다.

"용이여?! 어찌하여…… 적은 저쪽일세! 저쪽으로 가!"

그러나 금색 용은 그 말에 따르지 않았다.

"아, 아, 아, 머, 멈춰…… 쿠억!"

그것이 압도적인 열기에 몸이 통째로 불타 증발한 파계선의 단말마였다.

"성기사의 스킬인 '물리내성'과 '마법내성'을 저쪽 세계에서 단련한 끝에, 한계 레벨인 10을 돌파할 수 있었죠. 원래 가지고 있던 스킬을 강화함으로써 절대적인 영역에 들어선 겁니다. '물리 공격 반사'와 '마법 공격 반사'를 가진 지금 저라면 유일신조차 쓰러뜨릴 수 있겠지요."

살짝 기지개를 켠 린포드가 천천히 고개를 끄덕였다.

"자, 그럼…… 일단은 바티칸의 지시대로 극동의 섬나라에서 소란을 일으켜볼까요."

사이드: 모리시타 다이키

그 뒤, 나와 사카구치는 아베노 선배의 칼부림에 엄청난 고생을 했다.

사카구치는 자동회복능력이 있고, 나는 용사니까 어떻게든 무사했지만…… 선배가 칼을 마구 휘두르는 바람에 현장은 아비규환이었다.

대체 무슨 생각인 거지, 그 여자는? 우리 둘이 평범한 사람이었다면 벌써 죽었을 거라고?

아무튼, 그 후 일방적으로 당하다 결국 화가 머리끝까지 난 사카구치가 마장천사를 발동했고, 롱기누스를 손에 든 사카구치와 비젠 오사후네를 든 아베노 선배는 서로 말싸움을 벌이며 나의 방에서 뛰쳐나가더니⋯⋯ 그대로 어두운 밤거리로 사라졌다.

당연히 굳이 따라가지는 않았으므로 그 뒤로는 무슨 일이 있었는지는 잘 모르겠지만, 약 한 시간 뒤에 아베노 선배가 『오해가 풀렸어. 미안해』라는 메시지를 보냈다.

대체 사카구치는 말 그대로 '미쳐 날뛰던' 아베노 선배를 대체 어떻게 진정시킨 거지? 애초에 말이 통하긴 했을까?

아무튼, 그런 사건을 겪고 맞이한 이튿날 아침.

어젯밤에 무슨 일이 있었냐는 양 평범한 일상의 풍경에, 또 다른 변화가 섞여들고 있었다.

"내가 오늘부터 새롭게 너희의 담임이 된 타나카 하나코다! 나이는 스물세 살이고, 남자친구는 없어!"

은빛 머리칼과 빨간 트레이닝복. 새하얀 피부에 강렬한 푸른색 눈동자. 오뚝한 콧날. 날씬하게 쭉 뻗은 팔다리. 어디로 보나 동양인이 아니었다.

"참고로 고향은 아오모리로 순수한 일본인이야!"

대놓고 거짓말을?! 아오모리에서 이런 은발벽안이 태어날 수 있을 리가 없잖아?!

그때 문득 옆자리에서 큭큭 하고 작게 웃음소리가 들려왔다.
사카구치였다.

"사카구치, 뭐야? 왜 웃고 있어?"

"나중에 설명해줄게. 그나저나…… 큭큭, 이거 걸작인데? 마치
어제의 아베노 카구야 같아."

"그러고 보니 어제 어떻게 됐어?"

"무얼, 그냥 아베노 카구야를 흠씬 혼내줬지."

"흠?"

"마지막에는 알몸으로 벗겨서 거꾸로 매달았는데——."

거기까지 들은 나는 기쁘게 웃으며 말하는 사카구치를 황급히
막았다.

"대충 알겠어. 그 이상은 듣고 싶지 않아."

점심시간.

나와 아베노 선배는 학교 정원에 있는 벤치에 앉아 점심을 먹고
있었다.

"늘 고맙습니다. 맛있었어요."

"후후."

나는 기뻐하는 아베노 선배를 힐끔 보고는 가방에서 디저트를
꺼냈다. 플라스틱 통에 든 나타드코코(Nata de coco: 코코넛 젤리)다.

"어머? 그건 뭐야?"

"나타드코코예요."

그러자 아베노 선배가 눈을 크게 떴다.

"나메테코코(여기를 핥아)라고? 첫 경험이 야외라니 아무리 나라도 망설여지는데."

"와, 진짜 한 번 죽었다 오는 게 어때요?"

"뭐, 부탁 자체는 야외가 아니라면 환영이지만."

"환영한다고?!"

"그래. 네가 그것을 바란다면."

질색하던 나는 문득 궁금해져 아베노 선배에게 물었다.

"그런데 아베노 선배는 어릴 때 마법소녀가 나오는 만화 같은 거 안 보셨어요?"

"마법소녀?"

"네. 마법소녀요."

대체 어린 시절에 뭘 보고 자라면 이런 사람이 나오는 건지.

"어린 여자아이들이 좋아하는 그런 거 말하는 거지? 동물 같은 마스코트 캐릭터가 있고⋯⋯."

"네, 그런 거요."

"그런 거라면 나도 본 적 있어. 내가 본 것은 우주에서 온 마스코트 캐릭터가 나오는 거였는데, 그 마스코트 캐릭터가 여자애들을 마법소녀로 만드는 거였지. 아마⋯⋯ 마법소녀가 되자고 할 때의 대사가――."

아베노 선배가 입을 다물었다.

그리고 크게 크게 숨을 들이마시고는 이렇게 말했다.

"나와 계약해서 육체관계를 갖자!"

"원조교제냐?!"

"애초에 나는 부적으로 술법을 쓸 수 있잖니?"

"그렇죠."

"말하자면 결국 내가 마법소녀 같은 거잖아?"

"뭐, 그럴지도 모르지만…… 대체 무슨 말을 하고 싶은 겁니까?"

"즉, 나는—— 마법처녀라는 거지."

"닥쳐!"

"아니, 아니구나. 다시 말할게. 즉, 나는——."

아베노 선배가 입을 다물었다.

그리고 크게 크게 숨을 들이마시고는 이렇게 말했다.

"——마법처녀빗치야."

"귀여움이라고는 전혀 없잖아!"

"그럼 산책하러 갈까?"

"갑자기?!"

"그래. 나는 식후 혈당치가 신경 쓰이는 나이거든."

"언제부터 네가 비만 아저씨가 됐는데?!"

아무튼, 그렇게 해서 우리는 밥을 먹고 교내 산책을 나섰다.

한동안 산책을 하다 인기척이 드문 학교 건물 뒤쪽으로 접어들었다.

"저기, 모리시타?"

"왜요, 선배?"

"여기는 아무도 없네?"

"뭐, 학교 구석에 있는 소각로까지 용무도 없이 굳이 올 사람은 없겠죠."

갑자기 아베노 선배가 그 자리에 멈췄다.

"왜 그러세요?"

그녀가 미소를 지으며 오른손 검지로 나의 볼부터 턱까지 쓱 쓸어내렸다.

"사람이 없는 곳에서 남녀가 단둘이 인걸? 두근두근…… 하지 않아?"

"아니요."

"우후후. 귀엽네."

아베노 선배가 킥킥 웃었다. 그러고는 주머니에서 거울―― 콤팩트를 꺼냈다.

"잘 봐. 센 척해도 얼굴이 새빨개졌으니까."

"…………."

"자, 솔직해지는 게 어때?"

다시 아베노 선배가 오른손 검지로 나의 볼부터 턱까지 쓱 쓸어내렸다. 이어서 나에게 얼굴을 가까이하더니 코끝에 달콤한 숨을 내뱉었다.

"…………."

"저기, 모리시타?"

"왜요?"

"키스……해도 되는데?"

아베노 선배가 나의 턱부터 목덜미까지 검지로 쓸어내리며 동시에 오른쪽 귀에 미지근한 숨을 불어넣었다.

아아, 젠장……. 그럴 생각이라 이거지? 나도 남자다! 어디 해보자!

나는 아베노 선배를 끌어안았다.

"어머나? 이제야 할 마음이 든 거야?"

"불을 붙인 건 선배거든요?"

"후후. 있잖아, 모리시타? 눈을 감아볼래? 내가 리드해줄게."

아베노 선배가 마찬가지로 나를 끌어안으며 말했다.

나는 아베노 선배의 말대로 눈을 감았다. 심장이 크게 뛰고 있는 게 느껴졌다. 첫 키스니까 당연하다면 당연한 일이지만. 곧 나의 입술에 따뜻한 것이 톡 닿았다. 거기서 나는 눈을 뜨고——.

"아베노 선배?!"

나의 입술에는 선배의 검지가 닿아 있었다.

"……아니, 저기요."

"아직 그러기에는 일러."

"여기까지 와서 이르다니요? 뭐가 문제인데요?"

"그야 나——."

아베노 선배가 입을 다물었다.

그리고 크게 크게 숨을 들이마시고는 이렇게 말했다.

"──확장 중이거든."

"그 이야기 아직 이어지는 거였냐?!"

"첫 키스와 동시에 상실. 나는 그러기로 정했거든. 그러니 키스는 아직이야."

"그쪽이 먼저 야한 짓을 부추겼잖아? 그럼 왜 그런 짓을 한 건데?!"

"그건⋯⋯."

"그건?"

아베노 선배가 입을 다물었다.

그리고 크게 크게 숨을 들이마시고는 이렇게 말했다.

"재미있으니까."

"선배, 때려도 돼요?"

"후후, 정말 귀여워. 널 놀리는 게 질리지 않아."

"하, 이제 적당히 그만두세요."

"어라, 모리시타? 이건 네가 먼저 잘못한 거잖아?"

"무슨 말입니까?"

"──어제 레이라 사카구치와 그런 일을 해놓고."

아니, 잘 생각해 보면 나는 딱히 켕기는 짓을 하지 않았다. 다만, 울 것 같은 아베노 선배의 얼굴을 보고 있자니 왠지 자신이 잘못한 것 같은 기분이 들었다.

"난 조금 질투하고 있을지도 몰라. 그래서 널 괴롭힌 걸지도."

난 하아~ 하고 긴 한숨을 내쉬었다.

"…………."

"모리시타는…… 내가 성가시지?"

아베노 선배는 자기가 물어놓고도 살짝 겁먹은 것 같았다.

"아니요. 하지만 다음부터는── 좀 적당히 해주시죠."

"그건 네가 앞으로 하기에 달려 있지 않을까."

살짝 고개를 끄덕이고 아베노 선배가 미소를 지었다.

사태를 원만(?)하게 해결하고 다시 교실로 돌아가려던 순간.

나는 엄청난 광경을 보고 말았다.

갑자기 나타나 우리 반 담임이 된, 빨간 트레이닝복을 입은 은 발벽안── 타나카 하나코가 무려, 사카구치 앞에 정중하게 무릎을 꿇고 있었다.

충격적인 광경에 나와 선배는 무심코 몸을 숨기고 말았다.

"불초 세라피나! 무사히 일본의 하이스쿨에 잠입했습니다!"

"수고했어. 다른 네 사람은?"

"현재 바티칸을 통해 문부과학성을 협박하는 중입니다."

문부과학성? 협박? 무슨 말이지?

"이제야 겨우 레이라 님의 직속 성기사인 팔라딘── 가디언즈 가 모이게 되었군요."

"그래, 저번 회의에서 언뜻 들었지만, 뭔지 잘 몰라도 조만간 대규모 작전이 시작된다고 하니까. 아무래도 너희가 없으면 힘들겠지."

과연. 타나카 선생님은 바티칸이 문부과학성을 협박해 들여보낸 사람이라는 말인가. 사카구치도 이전 담임을 협박하여 나의 옆자리로 옮긴 전적이 있다. 대체 얼마나 협박을 좋아하는 거냐.

"그런데 공주님?"

"뭔데? 세라피나?"

공주님?! 사카구치…… 이 녀석, 전부터 심상치 않다고 생각하긴 했지만, 설마 부하에게 공주라고 부르라 시키고 있었다니!

"'HENTAI(변태)'라는 말을 아십니까?"

"헨타이? 뭐야 그게? 아니, 그보다 공주라고 부르지 마. 부끄러우니까."

아아, 부르라고 시킨 게 아니라 멋대로 부르고 있는 거였나. 아니 그보다 웬 헨타이?

"'HENTAI'란 일본의 야한 애니메이션이나 야한 만화를 가리키는 말입니다! 그런데 이 나라는 그 'HENTAI'에서 일어나는 일이 작품 속에서뿐만 아니라 현실에서도 평범하게 일어난다고 합니다! 보기에는 명랑한 여중생…… 아니, 자칫하면 초등학생이라 오해받을 수도 있는 공주님이 끔찍한 로리콘 놈에게 붙잡혀, 야한 동인지에 나오는 이상한 짓을 당하지나 않을까…… 이 세라피나는 걱정이 끊이질 않습니다!"

"세라피나? 무슨 말을 하는지 이해가 안 되는데……?"

"저는 여자 성기사입니다. 이 나라의 'HENTAI'에 따르면 즉, '큭! 죽여라'가 되는 거라고요!"

나와 아베노 선배는 경악했다. 애니메이션과 만화가 세계에서 인기를 끄는 것은 알지만, 설마 일본이 다 그런 세계인 줄 알고 있을 줄이야.

"괜찮아, 세라피나! 일본에는 오크가 없거든!"

아니, 너도 "큭! 죽여라"만 듣고 오크 관련이라는 걸 아는 거냐! 나는 목구멍까지 올라온 지적을 꾹 참았다.

"정말…… 정말입니까?"

"그래, 없어!"

"그럼 촉수…… 정체불명의 촉수는?"

"그것도 없어!"

"다행이다…… 다행이야…… 공주님은 야한 동인지 같은 일은 겪지 않으셨군요. 정말 다행이야…… 천사처럼 사랑스러운 공주님이 더럽혀질 일은 없겠어요. 공주님이 그런 일을 당하면 어떡하나…… 저는 정말 걱정했거든요."

"응, 안심해. 야한 동인지 같은 일은 없을 테니까."

이 외국인 둘…… 야한 동인지라는 말을 몇 번이나 하는 거야……

황당하다 못해 머리가 아프기 시작한 나와 아베노 선배는 슬슬 점심시간도 끝날 시간이기도 하여 총총히 교실로 돌아갔다.

그날 밤.

저녁밥을 먹은 뒤, 거실 소파에서 엄마와 함께 텔레비전을 보고 있자니 누군가가 초인종을 눌렀다.

"네~ 에요!"

엄마가 일어나려는 찰나──.

"아니, 내가 나갈게. 앉아 있어. 엄마는 밥 먹은 거 치우느라 피곤하잖아?"

"후후, 다이키는 참 착하네요."

"내일도 맛있는 밥, 부탁할게."

"알겠어요!"

참고로 오늘 저녁 메뉴는 오징어 젓갈 팬케이크였다. 토핑으로 들어간 김치와 바닐라의 조합이 최고였다.

어이쿠, 생각하니 침이…….

음식을 상상하며 나는 현관문을 열었다.

"예, 누구세요?"

"나는 오늘부터 새롭게 너희 이웃이 된 타나카 하나코다! 나이는 스물세 살로 남자친구는 없어!"

은빛 머리칼과 빨간 트레이닝복. 새하얀 피부에 강렬한 푸른색 눈동자. 오뚝한 콧날. 날씬하게 쭉 뻗은 팔다리. 어디로 보나 동양인이 아니었다.

헉, 타나카 선생님…… 아니, 세라피나 씨?

"옆집에 이사 와서 인사하러 왔지. 조만간 너희 집의 옆집에는 모두 여섯 명이 살게 될 거야. 오늘은 그 사실을 이웃에게 전하러 왔다…… 아니, 그것만이 아니야. 사실 용건이 하나 더 있거든."

"용건이요?"

선생님이 고개를 끄덕이더니 손에 들고 있던 납작한 오동나무 상자를 내밀었다.

"이것은……?"

"열어보면 알아."

나는 시키는 대로 상자를 열었다.

"이, 이, 이것은……?"

"후후, 놀랐나?"

"그야 놀라죠."

외모는 완전히 백인인데 무슨 까닭인지 위아래로 빨간 트레이닝복을 입고 다니는 날씬한 미인 바티칸 성기사가 참으로 정중하게도——.

——이사 기념으로 국수를 들고 왔다.

사이드: 타나카 하나코

"공주님! 빨랫감은 가져가겠습니다!"

옆집에 인사를 마치고 온 나는 목욕 중인 공주님에게 문밖에서 말을 걸었다.

"응. 항상 고마워, 세라피나."

평소처럼 귀여운 목소리가 돌아왔다.

천사와 같은 외모에 사랑스러운 목소리. 공주님이 나에게 감사하는 말에 가슴에 따뜻한 감정이 퍼졌다.

——나는 공주님을 지키기 위해 이곳에 있다.

전장에는 공주님이 자동회복능력을 이용하여 가장 위험한 사지로 나아가 적을 베어나간다. 우리 가디언즈의 존재의의는 공주님의 부담을 조금이라도 줄이는 데 있다.

가령, 공주님의 자동회복은 마력이 원천인데, 자동회복은 마력을 엄청난 속도로 잡아먹기 때문에 우리는 단순히 공주님의 물리적 호위뿐만이 아니라, 공주님의 마력 건전지 역할도 하는 것이다.

마력 양도 술식을 이용하여 우리는 공주님에게 자신의 마력을 바침으로써, 공주님은 마력을 전부 사용한 후에도 불사조처럼 자동회복능력을 사용할 수 있게 되는 것이다.

물론, 우리는 전투뿐만 아니라 공주님의 일상생활도 보조한다. 어떠한 사소한 잡일이라도 해내는 것이 우리의 사명이다.

빨래 바구니에서 공주님이 입고 벗어놓은 옷을 꺼내 세탁기에 넣었다. 단 줄무늬 팬티와 브래지어는 예외다. 나는 공주님의 속옷을 내 주머니에 넣었다.

——공주님은 오래 씻는다. 대체로 한 시간은 들어가 있는 편이다. 나는 손목시계를 확인하고, 남은 시간을 계산했다.

"좋아, 가능하겠어. 이거라면 들키지 않아."

부엌으로 가 전자포트로 끓인 물을 냄비로 옮기고 불을 켰다.

"오늘은…… 다르질링으로 할까."

홍차는 영국인의 가장 큰 오락 중 하나다.

나는 포트 속에 찻잎과 공주님의 속옷을 함께 넣었다.

이제 몇 분만 삶으면…… 헤헤.

홍차를 생각하고 있자니 무심코 표정이 풀어졌다. 조금만 더 있으면 공주님의 속옷을 우린 완벽한 홍차가 나오는 참이니 어쩔 수 없었다.

이윽고 홍차의 준비가 끝나자 나는 그대로 포트를 들고 내 방으로 향했다.

나는 홍차를 다기로 옮긴 뒤, 곧바로 방문을 잠그고 옷장을 열어 공주님의 사진으로 만든 포스터를 몇 장을 꺼내 한 장만 남기고 전부 벽에다 붙였다. 참고로 마지막 한 장은 베개에 붙였다.

마지막으로 서랍장에서── 공주님이 입었던 속옷을 꺼냈다. 오늘 아침에 가져온 참이라 숙성을 얼마 하지 못한 게 약간 원통하지만, 오늘은 어쩔 수 없었다.

나는 공주님의 팬티를 머리에 썼다.

──일명 변태 가면 스타일이다.

이제 공주님의 사진을 붙인 베개를 옆구리에 끼고 차를 즐기기만 하면 된다. 잔을 들어 입에 대니 향긋한 다르질링의 향기가 느껴졌다.

──홍차를 마실 때마다 마음이 평안해졌다. 이 얼마나 행복한 시간인가.

감개무량해진 나는 눈물이 흘러나오려는 것을 필사적으로 참았다.

"아아…… 공주님!"

나는 천장을 올려다보며 한숨을 내쉬었다. 왜 이리 사랑스러울까. 왜 이리 고상하고 아름다울까.

"공주님…… 공주님…… 아아…… 후…… 후후…… 후후후후───헉!"

아차, 나도 모르게 이성을 잃고 말았다. 이게 다 공주님이 지나치게 귀여운 탓이다.

우선 심호흡으로 진정해야──.

그 순간, 나는 위화감을 깨달았다.

──공주님의 팬티에서…… 평소와 다른 냄새가 나고 있었다.

이 향기는…… 설마…… 분비물 냄새?

그러고 보니 어젯밤 옆집에서 러브코미디 같은 소동을 겪으셨다는 이야기를 들었는데, 설마……?

나는 경악했다. 공주님이 그 시원찮은 학생의 방에 가서…… 발정을 하셨다니!

아주 오래전부터 공주님의 속옷을 체크 했지만, 이건 처음 맡는 냄새였다. 공주님을 모신 이래 최대의 사태였다. 나는 뒤집어쓰고 있던 공주님의 팬티를 벗고, 단숨에 홍차를 들이켰다.

"모리시타 다이키…… 얼른 이야기를 해봐야겠어."

사이드: 모리시타 다이키

다음 날 아침.

선생님이 세라피나, 즉 은발벽안에 빨간 트레이닝복을 입은 타나카 선생님으로 바뀐 것 말고는 여느 때 같은 아침이 지나가고 있었으나…….

"모리시타 다이키! 너는 특별지도다! 점심시간에 학생지도실로 오도록!"

그녀가 나를 보며 그렇게 말했다.

점심시간.

내가 학생지도실의 문을 테이블 앞에 타나카 선생님이 앉아 있었다.

"왔구나, 모리시타."

"네, 그런데 특별지도라니요?"

"그건 그냥 구실이다. 네게 제안이 있거든. 공주님께 사정은 들었겠지?"

"네, 어제 문자를 받았습니다."

"처음 들었을 땐 믿을 수가 없었다. 무소속 정체불명의 천연 이능력자가 구미호를 쓰러뜨리다니…….."

천연 이능력자라고? 사카구치는 내가 용사라는 걸 알고 있을 텐데?

"그래서, 무슨 제안이죠?"

"아, 참. 모리시타, 이야기를 시작하기 전에 차 한 잔만 내다오."

선생님이 전자포트와 찻주전자를 가리키며 말했다.

"예? 차요?"

"나와 넌 선생과 제자다. 설마 거부하진 않겠지?"

"…………."

나는 시키는 대로 찻주전자에 끓인 물과 찻잎을 넣고 컵 두 개에 따랐다.

"아, 말하는 걸 잊었는데."

"뭐죠?"

"빨대도 하나 부탁하마. 거기 아이스 커피 빨대가 있을 거야."

빨대? 차를 마시는 데 빨대를 쓴다고? 외국인은 그런 건가?

나는 쟁반에 차를 따른 컵 두 개와 빨대를 놓고 선생님 앞에 놓았다.

"여기 차 가져왔습니다."

"그래, 고맙군."

타나카 선생님이 빨대를 컵에 넣고 그대로 세차게 빨아들이고는—— 푸와아악 차를 뿜어냈다.

"으악, 뭐에요?!"

"뜨거워서 마실 수가 없잖아!"

"네가 빨대 달라면서?!"

컥컥거리는 은발 영국인을 보며 나는 질색했다.

가만히 기다리고 있자니 겨우 정신을 차린 타나카 선생님이 진지한 표정을 지었다.

"그럼 제안하기 전에—— 잠시 옛날이야기를 하나 하지."

"옛날이야기요?"

타나카 선생님이 고개를 끄덕였다.

"지금은 레이라 님의 가디언으로 후한 대접을 받고 있지만 9년 전만 해도 바티칸은 그렇지 않았다."

"후하다는 게 구체적으로 얼마입니까?"

"나는 가디언즈의 리더라 다른 대원들보다 더 받고 있다. 엔화로 치면 월 250만엔 정도겠군. 참고로 공주님은 월 650만 엔 정도 받고 계신다."

사카구치, 너 그렇게 잔뜩 벌고 있었냐. 다음에…… 같이 학식 먹을 일이 있으면 사달라고 해야겠다.

"하지만 이런 우리도 9년 전에는 바티칸에 푸대접을 받고 있었지."

"푸대접?"

"당시에 나는 허접스럽게 짝이 없는 성기사였거든."

"……그래서요?"

아득한 눈을 한 타나카 선생님이 살짝 한숨을 내쉬었다.

"바티칸은 사회의 어둠에서도 막대한 힘을 자랑한다. 그 정도는 알지?"

"뭐, 바티칸이라면 그 정도는 이상할 것 없죠."

"세상에는 바티칸 이외에도 미국의 마술결사나 중국의 선인협회 등 여러 가지 조직이 있다만, 바티칸은 그중에서도 가장 자기과시욕이 강하다."

"그게 왜요?"

"혹시 홍콩의 지하투기장을 아나?"

"처음 듣는데요."

"거긴 마물 대 인간, 혹은 인간 대 인간으로 싸움을 붙이고 이를 구경하며 도박을 벌이는 악독한 시설이야. 다만 악독한 만큼 그쪽 세계에선 유명해서 말이지. 광고…… 아니, 힘을 보여주기엔 더할 나위 없는 무대이기도 하지."

"다른 조직에 자기 힘을 과시할 기회이기도 하단 말이군요?"

그래. 타나카 선생님이 고개를 끄덕였다.

"바로 그거다. 다만 어떤 세력도 비장의 카드를 내놓지는 않아. 그건 그냥 패를 보여줄 뿐이니까── 우리로 말하자면 매장사단이나 육천성은 절대 나가지 않아. 만약 나갔다가 지기라도 하면 조직의 체면에 문제잖아? 다만 선인협회만은 최고 실력자를 그곳에 상주시키고 있어. 뭐, 지배 중인 홍콩에서 늘 이기고 싶을 테니 그렇겠지."

"과연."

"따라서 당시에는 동방 최강이라 불리는 선인이 지하투기장에 상주하며 불패 신화를 이어가고 있었지. 바티칸은 그게 맘에 안 들었던 모양이야."

"그래서요?"

"바티칸에서는 꾸준히 그 선인에게 도전할 사람을 신청받았어…… 예를 들면 육천성을 목표로 하는 신인 같은 경우가 그렇지. 만에 하나라도 최강 선인을 쓰러뜨리면 조직으로서도, 개인으로서도 상당한 메리트가 있으니까. 바티칸은 꾸준히 도전장을 내밀고 있었으니, 도전자 한둘이 지더라도 딱히 잃을 게 없었지. 그런데 지하투기장에서 요구를 내밀기 시작했어."

"뭐죠?"

"못해도 하룻밤에 수백억이 움직이는 큰 이벤트인데 메인 이벤트 하나만 있으면 좀 시시하잖아? 격투기 이벤트를 해도 오픈, 세미, 메인 같이 여러 경기를 치르잖아? 뭐, 그런 걸 바란 거지."

"한마디로 지하투기장에서 최강 선인에 대한 도전을 받는 대신 바티칸이 다른 시합에도 출전하라는 말이군요?"

타나카 선생님이 크게 고개를 끄덕였다.

"바로 그거다. 결국, 가장 만만한 성기사에게 불똥이 튀었지. 우리는 맨티코어라는 마물과 강제로 싸우게 됐고, 일방적인 살육쇼가 펼쳐졌다. 그저 우리는 죽기 위해 지하투기장에 파견된 거다."

"하지만 선생님은 살아 있잖아요?"

선생님이 하늘을 올려다보며 가슴 앞으로 십자가를 그었다.

"그야말로 신의 뜻이었지. 맨티코어에게 당해 죽기 직전, 피로 물든 투기장에—— 당시 일곱 살인 레이라 님이 난입하셨다."

"사카구치가?"

"그래, 지금이야 어쨌든 일곱 살 난 여자애가 맨티코어에게 대적할 수 있을 리가 없었다. 하지만 공주님은 '그저 죽으라고 노예를 마물이 있는 감옥에 집어넣다니, 너무해! 그만둬! 당장 멈추라고 해!'라고 울부짖으며 우리와 맨티코어 사이로 끼어들었다."

"그거, 사카구치도 죽을 상황 아닙니까?"

"보통은 그렇겠지만, 공주님은 바티칸의 기적인정국에서 천사 인정을 받은 분이었거든. 바티칸도 그냥 죽게 내버려 둘 순 없었겠지. 그만큼 특수한 존재야…… 공주님은. 그 뒤는 완전히 야단 법석이었지."

타나카 선생님이 과거를 회상하며 부드러운 미소를 지었다.

"나중에 들은 이야기지만, 공주님은 노예니, 인간의 살육쇼니 하는 것에 남들보다 민감하시다더군."

[스킬: 두뇌명석이 발동되었습니다. 모리시타 다이키의 머릿속에서 레이라 사카구치와 기억 속의── 감옥에 갇힌 노예 소녀가…… 연결될 뻔하였습니다. 얼마 있으면 깨달을 듯합니다.]

신의 목소리가 들린 것 같았지만, 지금은 그보다 이야기가 중요했다.

"결국, 공주님 덕분에 목숨을 구한 우리는 공주님의 전속 성기사가 되었다. 그 뒤로 우리는 지옥 같은 수련을 거듭하며 공주님을 지키려고 노력하고 있지. 뭐, 덕분에 바티칸의 가디언즈 중에서는 초일류가 될 수 있었다만."

"선생님과 사카구치 사이에 여러 가지 일이 있었네요."

"그래. 정말 공주님은…… 다정한 분이시지. 당시에는 누구에게나 예의 바르게 행동하고, 다른 사람을 배려하고…… 청초하고 가련한…… 남을 위하는…… 그런 성격이셨다."

음? 나는 고개를 갸웃했다.

"아니, 예의 바르…… 뭐라고요? 걔가 지금 반 애들을 노예로 삼고 있는 건 알고 계시는 거죠? 방약무인이라고나 할까……."

"뭐, 그 이후로도 여러 가지가 있었으니까."

"그 여러 가지가 뭔지 굉장히 알고 싶은데요."

그러자 타나카 선생님이 못마땅한 표정을 지었다.

"실은…… 나도 어쩌다 이렇게 되었는지 모른다."

"아니, 그게 말이 돼요?"

"그렇긴 한데, 정말 몰라."

"대체 사카구치를 어떻게 키우셨길래?"

"공주님의 생활은 우리가 도와드리고 있으므로 문제가 없어. 학문도 초일류 교육을 받아왔고."

그러고 보니 미국에서 박사학위를 땄다고 했나.

"그 생활을 도와준다는 건 뭔데요?"

"말 그대로다. 우리는 공주님께 정말 최고의 대우를 해드렸지. 예를 들어 공주님의 옷을 갈아입혀 드린다거나. 공주님은 손가락 하나 까딱하지 않아도 되는 거지. 밖에 나가실 때는 내가 항상 공주님을 위해 양산도 씌워드렸고. 공주님의 아름다운 흰 피부를 그을리게 할 수는 없으니까. 그밖에도 공주님이 걷는 길에 돌멩이나 쓰레기가 떨어져 있으면 바로 치우기도 했다. 그게 설령 인간이라도 예외는 아니었지."

"인간을 치워요?"

"예를 들어 학우 중에 공주님께 거스르는 놈이 있다 하면 우리가 강제적으로 공주님의 노예로 만드는 거지. 그 이외에는…… 공주님이 원하는 것이 있다면 뭐든 사다 드린다거나? 뭐, 한마디로 공주님이 하얗다고 말하면 설령 검더라도 하얀 거다. 우리는 그렇게 해왔어. 즉, 우리는 공주님에게 가장 적합한 환경을 완벽하게 갖춰왔다는 거지. 그래 완벽했어…… 그런데 왜 이렇게……."

"여지없이 너희들 탓이잖아!"

지나친 과보호 교육 탓에 그런 성격이 된 거였냐.

나는 한숨이 절로 나왔다.

"하아, 본론으로 돌아가죠. 제안이 있다고 하셨죠?"

"아, 그렇지."

그러자 선생님이 자리에서 일어나더니 갑자기 빨간 트레이닝복을 모두 벗어던졌다. 레이스가 과하게 들어간 빨간색 속옷과 팔다리가 늘씬하게 뻗은 하얀 피부가 훤히 드러났다.

대단한 그림이었다. 얼굴도 상당한 미인이었는데 몸도 이 정도일 줄이야.

나는 살짝 심박수가 오르는 것을 느끼며 선생님에게 물었다.

"저기, 뭐 하시는 거죠?"

"우물쭈물하지 말고 나를 이용해라!"

"네?"

"나는 공주님에게 손을 대는 것은 용서 못 한다! 그러니—— 나로 대신 만족해라!"

"대신하라뇨, 무얼?"

"아직도 모르겠나! 너 같은 놈이 공주님을 더럽혀질 바에야 내가 대신 처리하겠다는 거다! 내가 너의 더러운 욕망을 풀어주마! 그러니 공주님은 잊고——."

선생님이 입을 다물었다.

그리고 크게 크게 숨을 들이마시고는 이렇게 말했다.

"대신 나의 구멍을 써라—— 모리시타 다이키!"

"아니…… 저는 선생님의 구멍에 관심 없는데요."

그러자 타나카 선생님이 경악했다.

"나의 처녀에—— 앞 구멍에 관심이 없다고?! 설마 네 이놈…… 갑자기 뒤에서 할 생각인가?!"

옷을 벗을 때 알아챘어야 했는데, 이 사람도 위험한 사람이다. 아베노 선배급으로 위험하다.

"아무리 나라도 앞은 처녀인데 뒤는 비처녀라는 굴욕은 버틸 수 없어…… 설마 네가 그 정도로 'HENTAI'였을 줄이야……."

내가 질겁하는 동안 타나카 선생님은 포기한 듯 고개를 가로저었다.

"큭…… 죽여라……!"

나는 후우 한숨을 내쉬었다.

왜 여기사 클리셰에 이리 집착하는 거야…….

그러더니 타나카 선생님이 그 자리에 드러누워 나를 향해 다리를 크게 벌렸다.

"선생님?!"

"도저히 그럴 마음이 들지 않는다면 그럴 마음이 들게 해주마!"

"무슨 짓을 하려는 겁니까!"

선생님이 양손을 아래로 내리더니, 속옷 위에서 무언가를 넓히는 듯한 동작을 하며 말했다.

"찌걱……."

"입으로 소리 내는 거냐!"

내가 머리를 붙잡고 몸부림치고 있자니 타나카 선생님이 몸을 일으키고 히죽 웃었다.

"자! 어떻게 할 거냐?"

"어떻게도 안 해!"

"큭……."

타나카 선생님이 크게 한숨을 내쉬었다.

"그럼 역시…… 3P를 할 수밖에 없나……."

"3P는 또 뭔데?!"

"내가 공주님과 너의 첫 체험을 돕겠다는 뜻이다!"

"?!"

선생님도 여러모로 한계인지 얼굴을 새빨갛게 물들이고 핏대를 세우며, 어깨를 부들부들 떨고 있었다.

"본 행위 외에 불필요한 접촉행위는 일절 인정하지 않을 테니까! 절대 손끝 하나 대지 못하게 할 거다! 알겠지! 이건 선생님과의 약속이야!"

"무슨 말인지 전혀 모르겠어!"

"무슨 말인지 모르겠다고……? 너의 더러운 손과 혀로 공주님이 농락당할 바에는…… 어차피 공주님이 더럽혀질 바에는…… 그것이 피할 수 없는 운명이라면! 차라리 내가 먼저――."

타나카 선생님이 입을 다물었다.

그리고 크게 크게 숨을 들이마시고는 이렇게 말했다.

"――내가 먼저 공주님을 샅샅이 핥겠다는 거다!"

"이 자식 제정신인 거냐?! 지금 당장 병원으로 가! 지금 당장 가라고!"

나는 다시 머리가 아파졌다.

――아무래도 우리 반은 터무니없는 'HENTAI'가 담임이 된 모양이다.

그날 저녁.

나는 평소처럼 아베노 선배와 함께 돌아가고 있었다.

"그런데 모리시타?"

"네?"

"애널과 아누스는 무엇이 다를까? 어감이 매우 비슷한데…… 의미도 아마 거의 같겠지."

"진짜 한 번 죽었다 와요!"

느닷없는 음담에 나는 무심코 아베노 선배의 머리를 가볍게 때리고 말았다. 무심코 손이 나가다니, 점심시간에 외국인 담임이 벌인 소동이 생각 이상으로 큰 스트레스였나 보다.

아베노 선배의 머리가 탁 소리와 함께 비단결 같은 검은 머리가 사라락 흔들렸다.

머리를 맞은 아베노 선배는 가면 같은 표정으로 이쪽을 돌아보더니 오른손의 손가락 두 개를 세우고——.

——내 눈을 향해 곧장 내질렀다.

"우왓!"

나는 반사적으로 상반신을 휙 비틀어 아베노 선배의 공격을 피했다. 복싱선수도 울고 갈 만큼 정확한 공격이었다.

"…………."

"…………."

이 녀석, 갑자기 눈을 찌르려 들었어!

머리를 살짝 때렸을 뿐인데…… 온 힘을 다해 가차 없이 바로 눈을 찌르려고 했다.

"…………."

"…………."

아베노 선배가 긴 머리를 오른손으로 휙 쓸어 넘겼다.

"다음은 없어. 또 나한테 이런 식으로 손댔다가는——."

"어떻게 되는데요?"

그리고 크게 크게 숨을 들이마시고는 이렇게 말했다.

"——너희 집에 불을 지르겠어."

"가족을 말려들게 할 셈이에요?!"

"후후, 농담이야."

"어후, 농담이라도 그런 농담은 하지 마세요."

"어머, 그런 의미가 아닌데? 네 집으로 끝날 리가 없잖아? 네 모든 친척의 집에 불을 지를 거야. 너의 가족만으로는 끝내지 않을 거란 의미라고."

"이 자식, 진짜 저지를 생각이지?!"

이놈이고 저놈이고 개성이 너무 강하다. 어떻게 된 거야, 이 학교…….

"그나저나 모리시타? 오늘 밤 전화 말인데, 오늘은 패스하자."

"네? 패스요?"

"네가 사랑하는 카구야냥의 러브 전화가 없으면 네가 무척 서운해할 건 알지만, 하지만 오늘은 도저히 상황이 안 되거든."

"카구야냥이 일회용이 아니었군요."

"그래, 맞아. 언젠가 반드시 네가 카구야냥이라고 부르게 만들겠어."

"절대 부르지 않을 테니 안심하십시오."

"참고로 나는 다이키냥이라고 절대 부르지 않을 테니까."

"일방적인 수치 플레이?!"

"후후……."

"그런데 무슨 일이에요?"

"아베노 본가의 분위기가 좋지 않거든. 국보를 도둑맞았으니까 당연하지만."

아, 그러고 보니 이 사람은 화려한 전적이 있었다. 뉴스에도 나올 만큼.

"그래서요?"

"약간 성가신 일을 떠맡게 됐어. 그것도 무보수로……. 저번에 구미호 사건 이후 영적 균형이 많이 망가졌거든. 그냥 까놓고 말해서 남몰래 지진과 해일을 잠재우는 의식을 치르고 있다는 거지."

"의식이라고요?"

"구미호 외에도 거물급 괴물이 봉인된 신사는 여럿 있거든. 한마디로 그 봉인을 갱신하는 의식이야."

"흐음."

"신사는 세 곳. 오늘 한 곳에서 진혼제가 열리고, 닷새 후에 나머지 두 신사에서 의식을 치를 거야. 그리고 난 오늘 그 의식을 막힘없이 수행하기 위한 수호자로 선정되었다는 거지."

"그 의식이 실패하면 어떻게 되는데요?"

"세 번 중 두 번 이상 실패하면 대재앙이 일어나."

"재앙이라니요?"

"진도 7의 지진과 함께 해일이 일어나 요코하마는 괴멸. 그 후는 백귀야행……이라고 말하면 알려나? 온갖 귀신들이 거리를 활보하고 하게 되는 거지. 그렇게 되면 정부에서 계엄령이 나오면서 전국에서 퇴마사며 특수부대가 모조리 모이는 건 물론이고, 여차하면 미국에서도 파견부대가 올지도 몰라. 그러면 이제 사태가 끝날 때까지 요코하마는 도시, 경제기능을 상실하는 거지."

"정말 큰일이잖아요?! 괜찮은 겁니까?"

"지난 700년간 7번이나 치렀는데 별일 없었으니 괜찮지 않을까? 솔직히 수호자 일은 생색만 내는 수준이지 대단할 거 없어. 중요한 의식인 건 맞지만."

"으음…… 저도 같이 갈까요?"

그러자 아베노 선배가 피식 웃었다.

"괜한 걱정이야."

"그랬으면 좋겠지만 선배는 저에게 여러 가지를 숨기고 있던 전과가 있어서 말이죠."

"네 힘이 어느 정도인지 그날 충분히 봤으니까 곤란한 일이 생기면 얘기할게. 이번 일은 나 혼자서도 충분해. 사실상 경비원이나 다름없는 일이야. 그냥 신사 앞에 서 있으면 끝나는 그런 거."

[스킬: 육감이 발동되었습니다. 모리시타 다이키는 불길한 예감이 들었습니다.]

불길한 예감이라……. 사실 육감 스킬은 별로 믿음직스럽지 못하다. 신사니 의식이니 하는 건 나보다 아베노 선배가 잘 알 테니 뭐, 괜찮겠지.

"그럼 선배, 오늘은 이쯤에서."

나는 아베노 선배에게 살짝 머리를 숙였다.

"그래, 잘 가, 모리시타."

——그리고 나는 이날 아베노 선배를 혼자 보낸 것을 후회했다.

사이드: 아베노 카구야

요코하마 각지의 사악한 존재를 달래기 위한 의식.

나는 평소처럼 무녀복 차림으로 비젠 오사후네를 들고 신사의 도리이에 등을 기대고 있었다.

"도쿠가와 이래, 줄곧 영적 안정을 지켜왔는데 설마 누가 일부러 이걸 흩트리려 하겠어. 바보 같은 이야기지."

아베노 본가는 이 의식에 수호자를 파견함으로써 실적을 얻으려 하고 있다. 본가에서 나를 보낸 이유는 내가 모리시타 덕분에 도미니온즈에 필적하는 힘을 얻었기 때문이다. 물론 레이라가 롱기누스를 사용하면 비할 바가 못 되긴 하지만, 이 나라만 놓고 보면 나는 그럭저럭 실력 있는 편이었다.

의식이 시작되자 신사에서 신주가 축문을 외우는 소리가 들려왔다. 듣는 것만으로도 신주의 실력이 얼마나 대단한지 알 수 있었다. 축문에 담긴 마력이 어마어마했다. 이 정도라면 아마 퇴마 실력도 나랑 맞먹지 않을까.

가만히 서서 듣고 있자니 하품이 나왔다. 솔직히 이건 방해받았던 적도, 방해할 이유도, 방해할 사람도 없는 의식이었다. 나는 자리에 털썩 주저앉았다.

──뭐, 고작 이 정도로 국보를 팔아넘긴 걸 무마할 수 있다면 나로서는 더할 나위 없었다. 뭐 바티칸을 뒷배로 붙여놨으니 아베노 본가가 나에게 섣불리 손대지 못하는 이유도 있겠지만.

고로 세상 태평하게 신사 계단에 앉아 의식이 끝나기를 기다리고 있었으나, 계단 아래쪽 멀리에서 이쪽으로 다가오는 영압이 느껴졌다. 나는 곧장 자리에서 일어나 허리춤에 찬 칼에 손을 올려놓았다.

등에 식은땀이 흐르는 게 느껴졌다. 나는 재빨리 품속의 부적 숫자를 세며 최종 준비에 들어갔다.

──온다.

곧이어 귀에 오토바이의 맹렬한 엔진소리가 들렸다. 1500cc는 될 것 같은 소리였다. 머지않아 계단 아래에서 헤드라이트가 보이기 시작했다.

"바이크로 계단을 올라오고 있는 건가……."

엔진소리를 들으며 나는 도리이 안쪽에 넓은 마당으로 물러나 검을 뽑았다.

──이 뒤는 바로 본당과 이어져 있다. 내가 최초이자 최후의 방어선인 셈이다.

그리고 방어선이 뚫리면 그대로 요코하마는 끝장이다.

"강철의 거대한 기마를 타고 달리는 성기사…… 정말 시대와 잘 어우러졌네."

"그렇다! 기사는 기승해야 기사 아니겠나?!"

백은 창을 들고 여기까지 바이크를 타고 올라온 사람은 다름 아닌 모리시타네 반 담임 타나카 하나코—— 아니, 세라피나였다. 다만 오늘은 빨간 트레이닝복이 아니라 바이크에 맞게 풀 페이스 헬멧에 라이더용 슈트를 입고 있었다.

"그럼, 간다!"

세라피나는 액셀을 최대로 걸며 빠른 속도로 달려오며 유연한 몸으로 백은의 창을 힘껏 내질렀다.

——채앵!

달밤에 일본도와 창이 부딪히며 금속음이 울려 퍼졌다. 칼로 받아내긴 했지만, 저쪽은 자동차로 돌격하는 거나 다름없다. 검을 들고 있는 손이 찌릿찌릿 저렸다.

"사정이 있어 진혼 의식을 방해하러 왔다! 동방의 무녀—— 아베노 카구야가 맞는가!"

"설마 바티칸에서 손을 댈 줄이야."

완전히 방심하고 있던 나는 이를 갈았다.

여러 가지 사건이 있긴 했지만 그래도 레이라 사카구치와는 그럭저럭 우호적인 관계를 쌓고 있었다고 생각했는데.

하지만 잘 생각해 보면 마물 퇴치를 지상과제로 삼은 자들이 봉인된 귀신들이 뛰쳐나오는 이 이벤트를 못 본 척해줄 리가 없었다.

"그대에게 원한은 없지만, 이것도 바티칸으로부터의 천명! 얌전히 고개를 숙이고 물러난다면 목숨까지는 빼앗지 않겠다! 성기사,

세라피나! 간다!"

썩어도 성유물을 가지고 있는 레이라 사카구치의 가디언즈다.

대충 상대할 수 있는 수준이 아니었다.

"어쩔 수 없나……."

그 말만 하고 나는 품에서 부적을 다스 단위로 꺼냈다.

사이드: 레이라 사카구치

호텔 고층.

보석 같은 네온들이 보이는 스위트룸에 내 목소리가 울려 퍼졌다.

"뭐? 무슨 소리야?"

"요코하마를 초토화하라고 했습니다. 이미 당신의 부하들은 제 명령을 받고 출동했습니다."

태연한 얼굴로 긴 금발 머리…… 린포드가 실실 웃으며 말했다.

"당신, 일개 성기사 주제에 도미니온즈에게 명령하는 거야?"

"계급은 그렇습니다만. 명령은 명령인지라."

바티칸이 내린 명령이란 건가? 그럼 별수 없다만, 그래도——.

"나는 평범한 도미니온즈가 아니야. 기적인정을 받은 몸이라고. 바티칸이라도 나를 쉽게 처분할 순 없어. 그런데 네가 내 말에 거스르겠다는 거야?"

"무슨 말입니까?"

"이번 작전을 중지해. 이것은 내가 정한 나의 법리에 따른 결정 사항이야."

그러자 다시 린포드가 피식 웃었다.

"크크…… 공주님이었던가요? 돌연변이로 날개가 돋아난 덕분에 어리광을 부려도 눈감아주고 하찮은 것들에게 떠받들어지는, 고작 그 정도로 천하를 거머쥐었다고 생각하는 겁니까? 풋내나는 계집애가."

"뭐……라고……?"

린포드가 고개를 끄덕였다.

"아직 상황 파악이 안 되나 보군요. 이건 명령입니다. 바티칸과는 상관없이, 그저 제가 당신보다 강하기에 당신에게 명령하고 있는 거죠. 바티칸 본부는 할 수 있으면 해보던가 정도밖에 생각이 없거든요."

"그럼 더욱더 네 말을 들을 필요가 없잖아?!"

그러자 린포드가 자리에서 일어났다.

"제 말을 따를 생각이 없다면 강제로 따르게 할 수밖에 없습니다만? 아무래도 조금 따끔한 맛을 보아야겠군요."

"뭐? 특무성기사인지 뭔지 모르지만 도미니온즈를 너무 무시하는 거 아냐?"

"그렇게 자신 있으면 덤벼보시지요. 그 잘난 롱기누스로 말이죠. 아, 물론 이럴 줄 알고 롱기누스의 사용 허가를 미리 받아 놨으니

걱정하지 마시길."

"이미 엎지른 물은 다시 담을 수 없거든?! 각오하시지!"

롱기누스의 사용을 허가했다고? 바티칸은 평범한 성기사가 내 전력을 받아낼 수 있다고 판단했단 말인가?

──그것참 열 받네.

"모든 마장 오버 드라이브! 성유물── 롱기누스의 사용을 해금한다!"

나는 곧장 린포드를 향해 롱기누스를 내질렀다. 아무리 그래도 죽일 수는 없는 노릇이므로 어깨를 노렸지만──.

"스킬: 물리 공격 반사."

롱기누스가 린포드의 어깨에 닿는 순간, 내 어깨에서 피가 튀었다.

"꺅!"

나는 충격을 이기지 못하고 비명을 지르며 그 자리에 쓰러졌다.

"어이쿠, 머리나 심장을 노리고 달려들었으면 저도 곤란할 뻔했군요. 바티칸은 기적인정 받은 생물을 생각보다 중요하게 여기는 모양이니."

"바보 같은…… 반사…… 했다고?"

"네, 물리, 마법할 것 없이 모든 공격을 반사하는 게 제 능력입니다. 아, 그리고 한 가지 진짜 착각하고 있는 모양인데, 저는 그냥 성기사가 아닙니다. 곧 육천성의 자리에 오를 예정이거든요. 물론 육천성의 자리로 만족할 생각은 없지만요. 저는 이 세상의 정점까지 올라갈 겁니다."

뭐라고?!

육천성. 바티칸 안에서 최고의 전투력을 자랑하는 집단으로, 구미호 따위랑은 비교도 안 될 만큼 강하다. 아마 모리시타 다이키라도 스킬이 없다면 상대조차 되지 않으리라.

그런데 모든 공격을 반사한다니, 말도 안 되는 일이었다. 이런 스킬까지 있다면 과연 모리시타 다이키가 전력을 다해 싸운다 해도 이길 수 있을지 어떨지……

"그럼 어떻게 하시겠습니까? 공주님? 이건 극동의 지휘관으로서 내리는 명령입니다. 설마 명령 위반을 저지를 생각인 건 아니겠죠?"

어깨에서 흘러나오는 피를 오른손으로 막으며, 나는 그 자리에서 일어섰다. 그러고는 린포드를 향해 손가락 욕을 날렸다.

"그래도—— 난 너에게 절대 굴복하지 않아!"

"하하하, 보고서에 쓰여있던 그대로군요. 이런 말괄량이는 처음 보았습니다."

"나는—— 제멋대로 굴면서 마음대로 살라고…… 어딘가의 누구와 약속했어! 그러니 절대 내 마음은 꺾이지 않아!"

그러나 린포드는 표정 하나 변하지 않고 고개를 끄덕였다.

"즉 명령에 따르지 않으시겠다는 거군요. 알겠습니다. 물론, 당신 말대로 바티칸은 기적인증을 받은 자들을 특별히 신경 쓰고 있지요. 그런데 뭐 하나를 잊고 계신 것 같군요. 당신의 팀 중에 기적인정을 받은 사람이 몇 명이나 있습니까?"

"……가디언즈?"

"그렇습니다. 그녀들은 성기사 중에서도 제일가는 실력의 소유자들이긴 합니다만, 그래 봐야 성기사입니다. 바티칸에게는 널리고 널린 말단 병사에 불과하지요."

"무슨 말을 하고 싶은데?"

"——아까 말씀드렸습니다만, 제 명령은 극동 지휘관으로 내린 명령입니다. 다시 말해 바티칸은 저에게 극동의 재량권을 맡긴 셈이지요. 좀 이해가 되나요? 저에게 거역하면 그 시점에서 당신들은 적대세력이 되며, 당신에게는 엄중한 처벌을, 나머지 다섯 명은 처형—— 아니, 제가 직접 죽일 겁니다."

"……뭐?"

"명령 위반을 저지르면 당연히 처벌을 받아야 하지 않겠습니까? 이것은 차기 육천성의 결단입니다. 재량권을 받은 이상, 바티칸도 그 정도 일은 문제 삼지 않겠지요. 뭐, 그전부터 성유물을 독단으로 남용하는 당신을 누군가 혼쭐을 내주었으면 하는 것도 있었던 것 같습니다만."

"그걸 내가 용납할 거라고——."

"용납이고 뭐고…… 그대가 제게 할 수 있는 게 있긴 합니까?"

"…………."

"…………."

"자, 어떻게 하겠습니까? 도미니온 님?"

확실히…….

바티칸의 지상과제는 마물의 섬멸이다. 다시 말해 이 의식은 천재일우의 기회인 것이다. 애초에 바티칸의 논리에 따른다면 린포드의 말이 옳았다. 나도 언젠가 이런 날이 오지 않을까 생각했다. 그리고 무엇보다 지금 나에게는…… 린포드에게 대항할 방법이 없었다.

"……알겠어. 널 따르지."

"다행이군요."

"다만 아베노 카구야는 내가 맡을 거야."

"네, 그건 마음대로 하십시오. 다만 봉인 의식 건은 당신의 재량으로 개입의 여지를 주지 않을 겁니다. 아시겠죠?"

"……알겠어."

사이드: 아베노 카구야

서로 엉망진창이었다. 실력은 막상막하로 호각을 이루고 있었다.

"과연…… 최고의 가디언이라 불릴 만하네."

"그쪽이야말로, 아베노 카구야."

"하지만 이제 그것도 이제 끝이야. 설마 내 무기가 검뿐이라고 생각한 건 아니지?"

"…………."

"부적술로 결판을 내줄게."

──화염술: 극옥염.

내 기술 중에 가장 강력한 술식이다. 가디언즈라도 이걸 맞으면 목숨이 무사하지 못하겠지. 모리시타는 내가 사람을 해치길 바라지 않을 테니 쓰지 않고 있었지만, 그러고 있을 수만도 없게 되었다.

"아니, 알고 있고말고. 네가 나보다 강해."

"알고 있다면 여기서 창을 거둬."

그러자 세라피나가 하하 웃었다.

"물러나라고? 어째서? 여기서 물러날 이유가 전혀 없는데!"

"무슨 꿍꿍이야?"

그때 신사의 계단 밑에서── 요란한 바이크 소리가 무더기로 들려왔다.

"단순해! 난 혼자가 아니거든!"

"쯧…… 그렇겠지."

세라피나가 숨을 크게 들이마시고 드높이 웃었다.

"우리는 파이브맨 셀이다! 다섯 명이 모여 비로소── 가디언즈가 되는 거다!"

"…………."

바이크 소리가 점점 가까워졌다.

"레이라 사카구치는 이 일을 알고 있어?"

"이번 일은 공주님의 상사인 자로부터 직접 지령을 받은 거야.

직접 확인을 받은 것은 아니지만…… 물론 승낙하셨겠지."

"……그렇군."

"그대에게는 이 나라의 조직을 우리가 어떻게 대할지 보여주기 위해 본보기로 삼아 고문으로 지옥을 보여주라는 지시를 받았다. 원한은 없지만…… 이것도 천명이다."

이런 실력자가 네 명이 더 오는 건가.

지금 부적술을 쓰면 세리피나 한 명은 처리할 수 있지만, 그 뒤는 어쩔 도리가 없다. 나는 부적을 대신 품에서 스마트폰을 꺼냈다.

——모리시타 미안해. 너와 대등한 연인이 되기 위해서라도 이 이상 너에게 빚지고 싶지 않았는데…….

"이건 나 혼자서는…… 안 될 것 같네."

나는 자조했다.

——그가 없는 나는 여전히 무력했다. 조금 강해졌다고 해도, 결국 흔해 빠진 퇴마사 중 하나일 뿐이었다.

입술을 깨물자 피맛이 느껴졌다. 오래도록 잊고 있던 무력한 비린 맛이 입속에 퍼졌다.

그리고 나는 그저 한 마디…… 모리시타에게 '도와줘'라고 문자를 보냈다.

사이드: 레이라 사카구치

내가 현장에 도착했을 때는 이미 끔찍한 광경이 펼쳐져 있었다.

아베노 카구야가 창으로 여기저기를 찔려 피를 흘리며 나무에 밧줄로 매달린 채 기절해 있었다. 돌바닥에는 피가 고여 있고, 평소 가면 같은 얼굴은 어디로 갔는지—— 과다출혈로 당장이라도 죽을 것 같았다.

"그만둬!"

"그러나…… 공주님?"

나는 세라피나의 뺨을 힘껏 때렸다.

"어서 그만두라니까!"

"하지만 저희는 방해하는 자는 봐주지 말라는 명령에 따라……."

"그런 명령…… 난 내리지 않았어!"

"그러나 린포드 님이 그렇게……!"

제길…… 린포드……. 얼마나 나를 더 화나게 할 셈이지?!

오늘 이 자리는 나에게 맡기라고 했잖아! 나는 울 것 같은 기분으로 아베노 카구야를 묶고 있던 밧줄을 롱기누스로 잘랐다.

그리고 얼굴이 흙빛이 된 그녀의 맥을 짚었다.

——다행이야…… 살아 있어.

일단 힘 조절은 했는지 내장까지 다치진 않은 듯했다. 내가 안도의 한숨을 내쉰 순간—— 갑자기 돌풍 불더니 압도적인 분노의 영압이 느껴졌다.

우리가 움찔하며 돌아보자——.

"이게 어떻게 된 일이지? 사카구치?"

세라피나를 비롯해 다들 그의 기백에 눌려 제자리에 쓰러지고 말았다.

나 또한 덜덜 떨리는 다리를 붙잡고 간신히 버티고 있자니 그의 고함이 들려왔다.

"——어떻게 된 일이냐고 묻잖아! 대답해, 사카구치! 왜 아베노 선배가 죽어가고 있냐고!"

모리시타 다이키가 다가와 나의 어깨를 강하게 붙잡았다.

"하지 마! 아프잖아!"

그러자 세라피나가 창을 들고 모리시타 다이키를 향해 달려들었다.

"네 이놈! 공주님을 건들지——."

다이키가 손바닥을 휘두르자 세라피나가 걸레짝처럼 저 멀리 날아갔다.

"끼어들지 마라. 다음엔 머리를 산산조각 내버릴 테니."

모리시타 다이키의 분노가 담긴 한마디에 나머지 가디언즈 사이에 긴장감이 감돌았다. 힘의 차이는 명백했다. 그러나 그녀들은 나를 위해 한껏 허세를 부렸다.

"공주님께 다가가지 마라! 이 괴물!"

"우리는…… 레이라 님의 가디언즈! 목숨은 아깝지 않아!"

"동료를 구하러 온 건가……! 그렇다면 인질을 내세워서……!"

나는 결국 참지 못하고 소리 질렀다.

"다들! 그만둬! 모리시타 다이카와 아베노 카구야를 건들지 말라고!"

"하지만 공주님……!"

"내 말 들어! 이쪽에서 건들지 않는 이상은 그도 건들지 않을 테니까!"

그러자 내 말을 듣고 있던 다이키의 귀신같던 표정이 조금 풀어졌다.

"무슨 일이 일어난 거야? 어째서 이렇게 된 건데? 응? 사카구치?"

"……바티칸의 명령이야. 변명은 하지 않겠지만, 이렇게 될 줄은 나도 몰랐어…….."

모리시타 다이키는 잠시 침묵하더니 이내 곧 다시 입을 열었다.

"아베노 카구야 선배로부터 도와달라는 문자를 받았어. 이 사람은…… 센 척하며 고집을 부리기 때문에 어지간한 일이 아니고선 도와달라고 손 내밀지 않아. 그런데 그런 사람이 나한테 도와달란 소리를 했다고! 이대로는 진짜 죽겠다 싶으니까! 실제로도 이 꼴이고!"

"……맞아."

"그런데, 명령이라는 한 마디로, 몰랐다는 말로 끝내겠다고? 사람이 죽을 뻔했는데?"

"……사죄는 하지 않겠어."

"뭐?"

"내가 몸담은 조직이, 아니…… 내 부하가 벌인 일이야. 사죄할 자격조차 없어."

"……대체 무슨 일이 있었던 거야?"

"바티칸은 위계질서가 확고해. 상부의 명령은 절대적이지. 그리고 우리에게는 우리의 사정이 따라 움직였어…… 단지 그것뿐이야."

"……사정은 대체로 알겠어. 그런데 말이야 넌 무슨 생각을 하는 거야?"

"무슨 생각?"

"우리는 너에게…… 뭔데?"

"…………."

"나…… 아니, 아베노 선배도 분명 그럴걸. 너를 단순한 남이라고 생각하지 않아. 서로 이해할 수는 없어? 저질러버린 일은 어쩔 수 없고, 원망은 간단히 사라지지 않겠지. 하지만 네가 하고싶어서 하는 것도 아니잖아? 그렇다면 아직 늦지 않았을 거야."

"…………."

부드럽게 미소를 지으며 모리시타 다이키가 나에게 오른손을 내밀었다. 나는 그가 내민 손을 잡으려다…….

"……공주님?"

가디언즈 한 사람이 나에게 말을 걸었다.

그 목소리에 나는 고개를 가로저었다. 사실은 모리시타 다이키의 손을 잡고 싶었다. 두 번 다시 떨어지지 않도록—— 힘껏 잡고싶었다. 하지만 나는 십 년간 바티칸에서 자라, 바티칸의 방식으로 교육을 받았다.

이번 일을 납득할 수 없으면서도 동시에 바티칸의 논리로는 그것이 옳다는 것도 안다. 그리고 무엇보다 그런 사소한 일은 모두 제쳐두고라도—— 지금 나로서는 9년 동안 나를 지탱해준…… 소중한…… 지켜야 할 사람들이 있다.

물론, 나는 바티칸이 전부가 아니다. 마음만 먹으면 언제라도 나올 수도 있겠지.

하지만 어린 시절부터 성기사로 태어나고 자란 그녀들에게 바티칸 밖에서 살라고 말할 수 있을까?

그리고——.

——아마 모리시타 다이키는 린포드에게 대적하지 못할 거다. 내가 린포드에게 반기를 들면, 나와 가디언즈는 모두 걸레짝처럼 찢겨 죽겠지. 모리시타 다이키마저도……. 만약 내가 도와달라고 한다면 그는 무슨 주저 없이 사지로 뛰어들 것이다.

그렇게 둘 수는 없다. 모리시타 다이키와 결별의 때가 온 거다. 앞으로 불필요한 위험이 모리시타 다이키와 가디언즈에게…… 덮치지 않도록.

나는 마지막으로 모리시타 다이키에게 물었다.

"모리시타 다이키. 나는 우리의 법률에 따라 요코하마를 파멸시킬 거야."

"그건 절대 용납할 수 없어. 내가 자란 마을이고, 우리 가족과 아는 사람도 많이 있으니까."

"그렇겠지. 하나 더. 이제는 대놓고 말할게. 이세계에서 주운 금발 소녀. 그리고 나. 아무 생각도 안 들어?"

"……왜 너는…… 그렇게 아리엘을 물고 늘어지는 거야?"

조금 곤란한 듯한 표정을 지은 모리시타 다이키를 보며 나는 눈물이 나올 것 같았다. 정말 다양한 감정이 가슴속에 휘몰아쳤다.

──아니, 그래도…… 고마워. 덕분에 결심이 섰어.

나는 가슴을 펴고, 모리시타 다이키를 오른손으로 척 가리켰다.

"잘 들어. 이미 진혼 의식 중 하나는 실패로 끝났어."

"알아, 신주가 피투성이로 쓰러진 것도 확인했어."

"그리고 마지막 충고야. 우리는 사흘 뒤에 두 번째 거점을 공격할 거야. 예외는 없어. 여기서부터는 바티칸의 방침에 따라 피로 얼룩진 어른의 동화 속 세계야. 그러니── 절대 우리를 방해하지 마. 다음에는 너희를 감싸줄 수 없을 테니까. 아무리 네가 강해도 절대 그 녀석은 이기지 못해."

"그 녀석?"

"나는 바티칸 사람이야. 처음부터 너희와 함께할 수 없었던 거지. 게다가…… 나에게도 이 세계에서 지키고 싶은 사람들이 생겼어. 바보처럼 나를 늘 챙기고, 나를 위해서라면 정말 목숨을 버릴 수 있는…… 그런 바보 같은…… 사랑스러운 사람들과 만났어. 행복한 일이라고 생각하지 않아?"

나는 울먹이면서도 오빠에게 아무렇지도 않은 척 애써 웃음을 지었다.

그리고 바닥에 쓰러져있는 세라피나를 안고 오빠에게서 몸을 돌려 그대로 손을 흔들었다.

"그러니 미안해. 부탁이니 이 이상 우리와 얽히지 말아줘……
더는 만날 일도 없을 테니까. 안녕…… 오빠."

"……오……빠?"

"안녕."

"야, 잠깐 기다려! 너, 지금…… 오빠라고……."

나는 모리시타 다이키의 말에 반응하지 않고, 가디언즈를 이끌
고 그 자리를 뒤로했다.

사이드: 모리시타 다이키

그 뒤로——.

나는 얼굴이 흙빛이 된 아베노 선배에게 2시간에 걸쳐 계속 회
복마법을 사용했다. 덕분에 MP는 텅 비었지만, 아베노 선배는
간신히 고비를 넘길 수 있었다.

이제 수혈을 하면 쉽게 평소처럼 얄미운 말도 할 수 있을 것이다.

아베노 선배에게 계속 회복마법을 거는 동안 나는 지금까지 있
었던 여러 가지 일을 떠올렸다.

——그리고 나의 머릿속에서 뒤늦게…… 오빠라는 말을 기점
으로 아리엘과 사카구치가 연결되었다.

"정말…… 얼마나 바보인 거냐, 난!"

사카구치는 지금껏 계속 신호를 보내왔건만 나는 전혀 알아채지 못했다. 정말 그녀는 그녀 나름대로 조심스럽게…… 그리고 대담하게 나에게 전해왔는데.

아니, 설령 그녀가 아리엘이 아니라 그저 레이라 사카구치였다 해도 역시 나의 몇 안 되는 친구인 건 변함 없다. 그리고 그 친구가 지금 무언가에 속박되어 괴로워하고 있다. 오히려 나를 지키려고 들었다.

이만큼 와서도 모를 만큼 나는 바보가 아니다.

"좋아……."

나는 잠든 아베노 선배를 종합병원에 맡기고, 집으로 돌아갔다. 집에 들어왔을 때는 이미 아침 해가 오르고 있었다.

나는 방에서 세 시간쯤 선잠을 자고, 점심쯤 방에서 나와 거실 소파에 앉아 커피를 마셨다. 그러자 엄마가 다가와 옆에 앉았다.

"다이키? 얼굴이 새파란데요?"

외박이며 학교까지 빠졌건만 엄마는 그저 그것만 물어보았다. 평소와 같은 엄마였다.

"저기, 엄마?"

"왜요?"

"지키고 싶은 사람이, 돕고 싶은 사람이 있어. 아마…… 곤경에 처했을 거야."

"오오?! 드디어 다이키에게도 여자친구가 생긴 건가요?!"

기뻐하며 말하는 엄마에게 나는 쓴웃음을 지으며 부정했다.

"그런 거 아니야."

"그럼?"

"그냥 오래 알고 지낸 사이야. 그녀는 나에게 무언가를 감추고 있어. 아마 자기 힘으로는 해결할 수 없는 문제겠지…… 내가 도와줄 수 없는 문제라고 생각하고 있고. 그래서 나에게도 사정을 털어놓질 않아."

"흐음……."

"나와는 그녀는 사고방식도 다르고, 사는 방식이며 주위의 상황도 달라. 그 애는 나의 곁으로 다가오려 했다가 무언가를 잃을까 두려워하고 있어. 양자택일…… 이미 잔머리를 굴릴 수도 없을 만큼 잔뜩 몰려 있는 상태야."

바티칸의 방침은 나와 아베노 선배의 방침과는 양립할 수 없는 것이다.

그렇게 보면 내가 아베노 선배를 선택하느냐, 사카구치를 선택하느냐 하는 문제일지도 모르겠군.

"…………."

"물론 그냥 내가 손 놓고 보고만 있을 수도 있겠지. 그래도 그녀들은 현명하게 대처하겠지만…… 나는 그러고 싶지 않아."

뭐, 적어도 바티칸에서 사카구치가 있을 곳은 사라질 것이다. 그렇다고 내가 움직이지 않으면 요코하마가 무사하지 못할 것도 분명하다. 당연히 그걸 이 나라의 영적 균형을 지키는 퇴마사, 아베노 선배가 용인할 리 없고, 나도 가만히 놔둘 생각은 없다.

엄마는 무언가를 생각하며 천장을 올려다보았다.

"무언가를 지키려고 하면 무언가를 잃는다…… 그건 그럴지도 몰라요. 두 마리 토끼를 쫓으면 하나도 못 잡는다는 말도 있으니까요."

그러며 엄마는 나의 양어깨로 팔을 돌려 나를 끌어당겨 눕혔다. 일명 무릎베개였다.

엄마가 다정한 미소를 지으며 나의 머리를 부드럽게 쓰다듬기 시작했다.

"버리면 안 되는 것. 지키지 않으면 안 되는 것. 다이키의 말대로 무엇 하나를 포기해야 하는 순간이 있을지도 몰라요."

"……응."

"그런데 다이키? 지금이 그때인가요? 정말 그때가 맞나요?"

"…………응?"

"이럴 때 둘 다 지키는 것이…… 남자로 태어난 숙명이라고 엄마는 생각해요."

"둘 다…… 지킨다고?"

"다이키가 무엇에 휘말렸는지 엄마는 몰라요. 하지만……."

거기서 엄마가 생긋 웃었다.

"아빠도 엄마도 울고 있는 여자를 모른 척하는 남자로는 키우지 않았을 텐데요."

나는 쓴웃음을 지었다.

"응. 덕분에 여러모로 힘들어."

사카구치…… 아리엘도 이 세계에 와서 온갖 일을 겪었을 것이다. 그렇기에 본심이 아니면서도 "이제 우리에게 상관하지 마"라는 말을 했겠지. 그렇기에 그녀는 헤어질 때 울면서도 웃었던 거다.

"그립네요. 어린 시절에는 항상…… 다이키가 울면서 돌아와 이렇게 머리를 쓰다듬어주었는데요."

"응."

"얼마 전까지 다이키는…… 학교에서 괴롭힘을 당했었죠? 하지만 어느새 남자의 얼굴을 하게 되었어요. 엄마는 그게 기뻐요."

그러더니 엄마는 나를 억지로 일으켜 세웠다.

"결국 난 어떻게 하면 된다는 거야, 엄마?"

솔직히 무엇을 어떻게 해야 모든 일이 무탈하게 수습될지 모르겠다. 지금 내가 하려는 일은…… 그냥 무턱대고 힘으로 모든 것을 날려버리는 것뿐이니까.

"후후. 그건 엄마는 몰라요. 그냥 다이키가 하고 싶은 대로 하면 돼요."

"……엥?"

엄마가 손뼉을 쳤다.

"서툴러도 괜찮아요. 실패해도 괜찮아요. 틀려도 괜찮아요. 다만…… 후회는 하지 않도록 지금 자신이 할 수 있는 최선을 다해 부딪쳐야 한다고요? 엄마는 다이키를 응원하겠어요."

조금 눈물이 나올 뻔했다. 외모는 어려 보이지만 역시 우리 엄마다. 사정도 거의 모르면서 이런 말을 해주다니 감사할 따름이다.

"그런가⋯⋯. 엄마, 그럼 잠시⋯⋯ 산에 다녀올게."

"엄마 생각이지만⋯⋯ 전에 왔던 검은 머리의 예쁜 여자애와 옆집의 외국인 미인 가족과 함께 돌아오는 거죠? 올 때는 요코하마역 근처에서 전화해요. 닭튀김을 잔뜩 준비해둘 테니까요. 색다른 맛을 첨가하지 않고⋯⋯ 솜씨를 전부 발휘하지 않고 평범하게 만들어 둘게요."

나는 그 말에 피식 웃었다. 솜씨를 전부 발휘하지 않은 엄마의 요리는 일반인에게 무척 반응이 좋다.

"잘 먹는 사람들밖에 없으니 밥을 열 홉은 지어줘."

"알겠어요."

"그럼 엄마⋯⋯ 다녀오겠습니다. 밥 기대할게?"

"흙 배에 탔다고 생각하고 맡겨둬요."

"큰 배 아니야?"

"이거 참 실수했네요."

웃으며 나는 '패왕의 갑옷'── 후드 티를 입었다. 그리고 현관으로 가 금속 배트── 애용하는 '성검: 엑스칼리버'를 손에 들었다.

"아리엘⋯⋯."

이세계에서 마지막으로 본 그녀의 울며 웃는 얼굴을 떠올렸다. 그것이 신사에서 본 사카구치의 얼굴과 겹쳐졌다.

"반드시 구해줄게. 네가 위기에 처했다면, 힘든 상황이라면── 내가 반드시 구해줄 테니까."

저쪽 세계에서 나와 함께 여행하던 양 형님은 죽었다. 내가 실수한 탓에 용사를 살리기 위해 나를 감싸고 죽었다.

양 형님뿐만이 아니다. 수많은 사람이 나를 위해 목숨을 잃었다.

아리엘도 마찬가지였다. 나를 구하기 위해…… 용사를 살리기 위해 목숨을 버렸다.

하지만 레이라 사카구치는 살아 있다. 그렇다, 아리엘은…… 살아 있다.

나의 손이 닿는 곳에 그녀가 아직 있다. 그렇다면 내가 그녀에게 웃음을 되찾아줄 수 있을 것이다.

금속 배트를 꽉 쥐었다가 등에 멘 골프백에 넣었다.

저쪽 세계에서는 살던 나는 여러 가지를 잃었다. 그렇기에 나는 힘을 원했다. 이제 두 번 다시 슬픈 일이 생기지 않도록, 그리고 슬픈 일을 겪게 하지 않도록. 그리고 마침내 힘을 얻었다. 죽을 만큼 고생하여 남을 지킬 힘을 얻었다.

나는── 이제 나는 무엇도 잃지 않겠다.

그렇게 내가 집을 나와 걸어가다 역으로 가는 길모퉁이에 다다랐을 때── 세라복을 입은 소녀가 나와 마찬가지로 골프백을 메고 미소를 지으며 서 있었다.

"어머나? 모리시타, 우연이네? 신사가 어디인지도 모르면서 어딜 가려고?"

"그 정도야 아베노 본가에 쳐들어가면 쉽게 금방 알아낼 수 있으니까요."

"어머나? 정말 우연이네? 나도 거기에 가려던 참이었거든……
구미호 신사에서 진 빚을 갚아줘야지. 참고로 신사의 위치는 내
가 알고 있으니 쳐들어가지 않아도 돼."

나는 쓴웃음을 지었다.

"몸은 어때요?"

"누군가의 회복마법 덕분에 멀쩡해. 상처도 없고, 수혈 한 번에
모두 회복됐어."

"다행이네요. 이번 후반전은 거점이 두 곳입니다. 아마 사카구
치도 두 패로 나눠 쳐들어오겠지요. 반면 우리는 한쪽이라도 뚫
리면 실패. 완벽하게 막아내지 못하면 의미가 없습니다. 그리고
선배나 저나 몸뚱이는 하나밖에 없죠. 선배, 거기 누가 찾아오든
이길 자신 있어요? 이번에 지면 진짜 죽을지도 몰라요."

"승산은 있어. 애초에 어느 쪽이든 승리 이외에 선택은 없잖
아? 그 바보는…… 뺨이라도 한 대 때려주지 않으면 모를 테니까.
뭐가 그리 무서운지는 모르겠지만 정말 바보야── 여기 이렇게
듬직한 남자가 있는데."

"어이쿠, 선배가 그런 말을 하는 건가요. 구미호 사건을 혼자
앓고 있던 사람이 누구더라?"

"후후, 그러고 보니 그런 일도 있었네."

"다음부턴 그러지 마세요."

"말이 나와서 말인데, 이번에는 두 거점을 지킨다고 그걸로 끝
나는 게 아니야. 사카구치가 너를 포기할 만큼 겁에 질렸다는 건,

뒤에 너보다 강력한 녀석이 앉아 있다는 의미잖아."

나는 입을 다물었다. 그리고 크게 크게 숨을 들이마시고 말했다.

"――그래서 용사가 있는 겁니다."

아베노 선배가 휘파람을 휘익 불었다.

"진지한 얼굴로 그렇게까지 말할 수 있다면 문제없겠어."

나와 카구야 선배는 손을 잡고 역으로 향했다.

――목적지는 하코네. 결전의 땅이다.

하코네 온천으로 가는 특급열차 안에서 도시락을 먹고 있자니 갑자기 아베노 선배가 이런 말을 꺼냈다.

"작전 회의를 하자."

"작전 회의요?"

"그래. 먼저 상황을 정리할게. 봉인 의식은 세 곳의 거점 중 두 곳이 함락당하면 끝이고, 실패하면 대지진과 백귀야행이 일어나. 우리는 이미 거점 하나를 잃었고 남은 신사는 둘 다 하코네의 산속에 있어. 그리고 이번 의식은 두 곳이 거의 동시에 진행되지."

"그렇다고 했었죠. 그리고 아마 사카구치와 가디언즈 다섯 명은 둘로 나뉘어 거점을 공격할 거고요."

"솔직히 나는 레이라 사카구치를 이길 수 없고, 가디언즈도 내가 대처할 수 있는 건 두 명까지야. 다섯 명이 오면 완전히 끝이고."

"아니, 승산이 있다면서요?"

아베노 카구야가 고개를 끄덕였다.

"네가 있잖아."

"네?"

"모리시타는 음속보다 빠르게 움직일 수 있잖아? 나도 어느 쪽이 와도 1분은 버틸 수 있으니까, 한쪽을 네가 재빨리 정리하고 내 쪽으로 오면 되는 거 아니니?"

"1분 이내에 상황을 정리하고 선배가 있는 곳까지 달려오라고요? 터무니없는 말씀을 하시네요……."

"네 스테이터스라면 못할 것도 없잖아?"

그 말에 나는 지금까지 감추고 있던 사실을 선배에게 전했다.

"그, 사실은…… MP가 없습니다."

"응? 무슨 소리야?"

"지구는 마소가 옅어서요. 이세계에서는 한밤 자고 일어나는 것만으로도 몽땅 회복됐는데 지구에서는 자고 일어나도 10밖에 차지 않더라고요. 그나마도 마왕과 싸운 직후 곧장 돌아와 버린 탓에 MP가 거의 없었는데…… 구미호 때도 큰 기술을 써버렸으니까요."

나의 대답에 아베노 선배가 입을 떡 벌리고 얼빠진 표정을 지었다.

"……뭐?"

"그런데 저번에 선배를 치료한답시고 회복마법까지 남발했잖아요? 제 MP는 지금 0이에요. 당연하지만 스킬은 MP를 써야 하는지라……."

"그래서 결론이 뭔데?"

"연료가 떨어졌다고요. 지금의 저는 구미호를 쓰러트리기는커녕, 음속 이동도 못 해요."

아베노 선배가 우와아…… 하고 미간을 찌푸렸다.

"저기, 모리시타? TV 방송 중에 해외에서 기상천외한 에피소드를 겪은 사람을 소개하는 방송 있잖아?"

"외국에서 진짜 있었던 난치병 극복이나 탈옥 이야기나, 비운의 연애 이야기 같은 걸 떠드는 그 방송이요?"

"그래, 그거. 거기서 특히 비운의 연애 이야기 같은 건 마지막에 해피엔딩으로 끝나잖니?"

"네, 늘 그렇죠."

"재연 영상은 맨날 예쁜 연기자가 연기하고."

"네."

"그거 방송 마지막에는 에피소드의 진짜 주인공들이 나오잖아?"

"네, 나오죠."

"실물들이 재연 영상과 비교해 못생겼다는 생각 해본 적 없어?"

"있죠."

"그래! 지금 나의 기분은 에피소드의 주인공을 만난 기분이야."

"말로 표현할 수 없을 만큼 아주 실망스러운 기분이라고 말하고 싶은 건가요?!"

"그렇게 되겠네. MP가 떨어진 너는…… 그저 쓰레기 같은 걸레 놈이잖아."

아베노 선배가 노골적으로 실망했다는 표정을 지었다. 이 녀석 정말 입이 험하군.

"저기, 모리시타?"

"왜요?"

"도심 한가운데서 잠을 자며 마력…… 아니, 이세계 식으로 말하면 MP겠네. MP가 네 자릿수를 넘는 너 같은 괴물이 제대로 회복할 리가 없잖아."

"무슨 말입니까?"

"마력이란 대자연의 영기를 몸에 담는 거야. 당연히 정기가 흐르는 곳에 머물면 회복도 빨라지지 않겠어?"

"엥?! 그런 건가요?"

"일본으로 말하자면 후지산이나 뭐 그런 거…… 아니면 용맥 위에 세워진 신사 같은 시설이 좋지. 하루에 100~200은 회복할 수 있지 않을까?"

생각도 못 했다. 설마 그런 회복 방법이 있었을 줄이야……. 아니, 일본에 돌아와서도 그렇게 싸울 거라 누가 상상이나 했겠는가. 덕분에 MP 따위는 머릿속에서 잊고 지냈는데 설마 여기서 발목을 잡힐 줄은 몰랐다.

"골치 아프게 됐네. 하코네 신사에서 내일 저녁까지 머물러 있으면 200 정도는 채울 수 있을지 모르는데……."

"그만큼만 있으면 음속 이동으로 달려가 양쪽 다 날려버리는 것쯤은 할 수 있어요. 사실 고속이동이 대부분을 잡아먹는 거라."

그러자 아베노 선배가 무슨 소릴 하냐는 듯 미간을 찌푸리며 입을 열었다.

"애초에 이렇게 된 원인이 남아 있잖아. 레이라 사카구치와 가디언즈를 쓰러트려도 98% 확률로 흑막이 튀어나올 거라고. 아마구미호보다도 성가신 놈일 텐데, 네가 이동하느라 MP를 날려버리면 답이 없잖아."

나는 지도를 펼치고 생각했다.

"이만한 거리를 MP를 아껴가며 달리면 아무리 서둘러도 10분은 걸려요. 스킬이 없어도 사카구치 정도는 한방에 K.O를 낼 수 있으니까 저는 문제 없습니다만, 선배는 이기기는커녕 이미 한번 졌잖아요. 거기에 상대도 시간을 끌면 제가 들이닥칠 수도 있다는 것쯤은 예상할 테니, 속전속결 하려고 들겠죠."

"······정말 곤란해, 모리시타. 너의 유일한 장점은 '최강'이라는 것뿐이었는데, 설마 여기서 밑천을 드러내다니. 이 쓸모없는 걸레 놈 같으니."

또 욕을 먹었다. 정말 이 여자 너무하네.

[스킬: 정신공격내성(중)이 발동되었습니다.]

고마워, 신의 목소리. 신의 목소리가 없었으면 나는 이 여자랑 진작에 인연을 끊었을 거다.

"이건 완벽하게 네 잘못이야."

"그야 MP 관리를 신경 쓰지 않은 제 탓이긴 합니다만······."

"그런 의미가 아니야! 네 스테이터스는 대체 왜 드래ㅇ ㅇ스트

시스템이 아닌 건데! 왜 스테이터스=강함이란 알기 쉬운 이세계
가 아니냐고!"

"드래ㅇ ㅇ스트요?"

"그래! 스킬 배율 보정을 거듭해 점점 스테이터스가 뻥튀기되
는 이세계로 날아가지 않은 네가 어떻게 생각해도 잘못이잖아!"

"이세계가 문제라는 이야기였어요?! 아니, 그보다 그게 제 잘
못이라고요?!"

불합리하다. 그건 내 의지랑 아무 상관도 없는 일이었다.

선배가 또다시 미간을 찌푸렸다.

"나더러 10분 넘게 버티라는 건 말도 안 되는 이야기야. 하지만
아예 방법이 없진 않지."

"무슨 방법인데요?"

"내가 강해지면 돼."

다리를 꼰 것도 모자라 팔짱까지 낀 아베노 선배가 당연하다는
얼굴로 나를 향해 턱을 쑥 치켜들었다.

"모리시타? 어서 꺼내. 레벨을 올릴 수 있는 아이템을. 전처럼
쓱 하고."

"그게 사람에게 부탁하는 자셉니까?!"

"그럼 어떡할 건데? 꺼낼 거야, 말 거야? 아니, 답은 정해져 있
어. 어서 내놔. 그래, 오크 스무 마리쯤이면 되겠네."

나는 한숨을 쉬며 작게 고개를 저었다.

"오크는 그게 마지막이었다니까요."

"너…… 진짜 쓸모없구나."

아베노 선배가 진짜 실망했다는 얼굴로 나를 쳐다봤다.

너무하네, 정말.

"뭐, 아예 방법이 없지는 않은데……."

흠? 아베노 선배가 고개를 갸웃했다.

"뭔가 있어?"

"예, 다만 오크랑은 비교도 안 될 만큼 어려워요. 저번에도 그래서 일부러 말 안 했다고요….."

나의 말에 아베노 선배가 만족스럽게 고개를 끄덕였다.

"바라던 바야."

하코네에 도착한 우리는 산길로 들어가 목적지인 신사 중 한 곳에 도착했다.

신사라곤 해도 산속 허름한 폐가 같은 느낌인 데다 저녁놀이 지는 시간이다 보니 인기척이 하나도 없었다. 여기라면 아이템 박스에서 여러 가지를 꺼내도 괜찮으리라.

나는 아이템 박스에서 천 하나를 꺼내 아베노 선배에게 내밀었다. 선배는 이미 무녀복으로 갈아입고 임전태세에 들어가 있었다.

"이것은……? 무녀의 허리띠?"

"네, 저쪽에도 동방에는 일본 같은 나라가 있어서요……."

"뭐, 이세계의 클리셰네. 그래서 이 허리띠가 뭔데?"

"저주받은 아이템입니다."

"저주라고?"

"네, 여성이 이걸 허리에 감으면 저주를 받아 이성을 잃고 남자를 보이는 대로 덮치게 됩니다."

"혼란 속성이 붙은 저주받은 장비 같은 거구나."

나는 살짝 끄덕이면서 말을 이어갔다.

"본래 주인은 변두리 신사의 무녀였는데, 이 무녀가 당시 조정(朝庭)의 권력자와 사랑에 빠졌습니다. 그러나 신분 차이로……."

"뭐, 흔한 이야기네."

"힘든 사랑 끝에 남자가 배반했습니다. 남자는 정략결혼으로 다른 여자와 이어졌고……."

"그것도 역시 흔한 이야기네."

"이에 질투심을 품은 무녀는 끝내 남자를 독살하고 말았습니다. 자기도 무녀복을 입은 채 호수에 몸을 던졌고요. 그때 하고 있던 허리띠가…… 이것입니다."

"괴담처럼 되기 시작했는데……."

"정말 괴담에서 생긴 아이템이니까요. 그런데 그 무녀가 레벨 30은 되는 실력자였던 것이 문제였습니다. 원념을 가득 품고 언데드계 영체로 이 허리띠에 깃들어버렸거든요."

"과연…… 그래서?"

"이 허리띠를 매고 원혼에게 이기면 토벌로 간주해 경험치가 들어올 거에요. 선배의 레벨이 4니까 레벨 차이 보너스가 붙어 10레벨 정도는 올릴 수 있을 겁니다. 이만한 레벨 차이는 원래 극복할 수 있는 게 아니니, 경험치 취득 보정을 생각하면 그 정도는 가능하겠죠."

"흐음…… 만약 실패해서 정신이 오염되면?"

"뭐, 몇 달 동안 의식을 빼앗기겠죠. 이 세상의 모든 남자에게 원한을 품고, 밤이면 밤마다 무차별로 남자를 죽이러 돌아다니게 되는 겁니다."

"……위험한 저주네."

"네. 다만 선배는 음양도—— 주술 쪽의 전문가이니까, 상대가 원혼이라면 돌파구가 있을지도 모르죠."

"알겠어, 한 번 해볼게."

선배는 곧장 무녀복의 허리띠를 풀고, 저주받은 허리띠를 새로 감았다.

그러자 선배 주변에 새까만 오라가 스멀스멀 올라오기 시작했다.

"어, 저기, 모리시타? 촉수 같은 것이 나오는 것 같은데?"

"원혼이 만든 실체 없는 녀석입니다. 저주의 기운이 넘치는 성가신 촉수예요. 조심하세요."

허리띠에서 미끈미끈한 촉수가 무수히 튀어나와 선배의 몸을 휘감더니, 선배 뒤에 있던 나무를 붙잡고 올라가기 시작했다.

"저기, 모리시타? 나무에 대롱대롱 매달렸는데……?"

그러는 와중에도 촉수는 선배의 몸을 끈적하게 핥듯이 기어 다녔다.

"큭……."

그때 저주받은 허리띠가 느슨해지면서 허리에 두르고 있던 붉은 하카마가 벗겨지는 바람에 분홍색 팬티가 드러났고, 웃옷도 서서히 풀려 결국 분홍색 브래지어까지 밖으로 나오고 말았다.

하지만 촉수는 멈추지 않고 계속해서 선배의 하얀 비단 같은 피부를 스르륵 기어갔다.

"웃……."

선배의 볼이 살짝 붉게 물들더니, 미묘한 소리를 흘리기 시작했다.

"앙……."

이윽고 촉수 하나가 선배의 입안으로 들어갔다.

"꺄앗……."

이걸로 녀석은 선배의 정신을 직접 공격할 수 있게 되었다.

반면 선배는 아베노류 대정신오염 방어술식으로 저주를 막아내고 있다. 만약 저주를 끝까지 버텨 막아낸다면 원혼을 토벌한 게 되지만, 과연…….

"우윽!"

선배의 입속으로 촉수가 깊숙이 침입한 순간, 선배가 경련하며 눈을 뒤집었다.

지금 선배의 뇌 속에서는 무녀의 원념과 선배의 방어술식이 격렬한 싸움을 펼치고 있을 거다.

"선배! 마음을 단단히 먹어요!"

말은 그렇게 했지만, 선배는 이제 눈을 뒤집은 채 침을 질질 흘리고 있었다. 나는 혀를 차며 금속 배트를 거머쥐었다. 아무래도 선배 쪽이 원혼에게 당한 모양이다.

이세계에는 음양도 술식이 없었으니 지구의 술식이라면 가능하지 않을까 했는데, 내가 너무 물렀다.

이대로는 선배의 정신이 오염되고 만다. 여차할 때는 내가 모든 촉수를 강제로 제거해야 한다.

하지만 나는 선배를 믿고 아슬할 때까지 기다려보기로 했다. 이걸 실패하면 그건 그것대로 골치 아프니까.

정신오염술식은 안색이 파랗게 질릴 때쯤 완성된다. 선배의 볼은 아직 붉은색이었다.

내가 가만히 선배를 지켜보고 있자니 갑자기 빛이 뿜어져 나오면서 촉수가 소멸했고, 나무에 매달려 있던 선배가 풀려나 바닥에 떨어졌다.

"선배?!"

나는 서둘러 달려가 아베노 선배의 몸을 일으켰다.

"……어떻게 된 거지?"

"선배야말로 어떻게 한 겁니까? 이젠 틀렸나 싶었는데—— 성공이에요!"

"아까…… 입속으로 촉수가 들어온 순간, 머릿속에 웬 여자가 나타났는데, 나와 눈이 마주친 순간, 마치 끔찍한 거라도 봤다는 듯이 겁에 질린 표정을 짓더라고."

원혼이 겁을 먹어? 이게 무슨 말이야?

[스킬: 두뇌명석이 발동되었습니다.]

"그런 거였나!"

나는 손뼉을 쳤다.

"어떻게 된 건데?"

"모르시겠어요? 이 무녀의 저주는 남자에 대한 질투와 원망으로 이성을 잃는, 일종의 정신오염입니다."

그러자 선배가 고개를 끄덕였다.

"과연, 그런 거였나."

"예, 그런 겁니다. 즉 선배는——."

나는 잠시 입을 다물었다.

그리고 크게 크게 숨을 들이켜고 이렇게 말했다.

"——원래 머리가 이상해요!"

나는 피바람이 몰아치던 밤을 떠올리며 말을 이었다.

"사카구치가 제 방에 있는 것만으로 질투에 미쳐 칼을 휘두르는데, 그게 어디가 정상인입니까? 즉 선배는 정신오염이라는 디버프가 일상처럼 붙어 있다는 거예요! 이미 맛이 갔는데 거기에 저주가 끼어들 여지가 있을 리 없죠!"

"……말이 심하네. 뭐, 사실이지만. 저기 모리시타? 이야기에서는 여자가 약혼자에게 배신당하고 독을 먹였다고 했지? 만약 내가 모리시타와 약혼했다가 배신당한다면 독을 타는 정도로는 끝나지 않을 거야. 오래 살면서 7대까지 대대로 저주할 테지. 나의 목숨이 있는 한…… 친척을 비롯해 일족 모두——."

"무서우니까 이상한 고백 하지 말아주세요."

선배는 자리에서 일어나 옷을 가다듬고 허리띠를 다시 맸다.

"그나저나 레벨은 얼마나 올랐어요?"

"모리시타?"

"네?"

"지금 나는 지금까지의 내가 아니야. 지금 나는──."

"뭔데요?"

선배는 크게 크게 숨을 들이마시고는──

무언가를 결심한 듯 살짝 고개를 끄덕이고 단언했다.

"슈퍼 카구야냥이야!"

"드래ㅇ볼처럼 '나는 슈ㅇ 베지터다!' 하고 사망 플래그를 세우면 안 돼!"

"어쨌든 대단해. 레벨도 엄청나게 올랐어."

"늘 부리는 허세가 아니었으면 좋겠네요."

"아니야. 창이든 총이든── 완전무장한 레이라 사카구치든 뭐든 가져와 봐."

그 말에 나도 고개를 끄덕였다.

"그럼 다행이고요."

아베노 선배가 단호하게 말했다.

"반드시 레이라 사카구치를 막자."

"네, 그녀를── 반드시 데려오죠."

이름: 카구야 아베노

종족: 인간

직업: 무녀

상태: 사랑에 빠진 소녀(얀데레 기질)

성격: 끔찍함

레벨: 4→14

HP: 501/501→821/821

MP: 552/552→970/970

공격력: 407→750

방어력: 333→583

마력: 455→865

회피: 335→511

아베노 카구야류 퇴마 부적술(레벨4→6)

·레벨 업에 따른 습득 마법

뇌술(雷術): 잠토룡(潜土竜)

대폭술(大爆術): 메기도

합기도(레벨2)

검술(레벨2)

신체능력 강화(레벨2→4)

반사신경 강화(레벨2→4)

색적(레벨5)

사이드: 레이라 사카구치

하코네의 여관.

목욕을 마친 나는 유카타를 입고 녹차를 호로록 마셨다. 다과를 먹으며 저녁놀이 지는 하늘을 바라보았다. 그리고 길게 한숨을 한 번 내쉬었다.

──나는 모리시타 다이키와 결별했다.

용사님…… 유년 시절의 가장 소중한 것을 잘라버렸다. 마음이 찢어질 듯이 아프고, 가슴에 구멍이 뚫린 듯한 상실감이 들었다.

나는 이 세계에서 9년 동안 나는 소중한 것을 놓을 순 없었다.

바보처럼 나를 늘 챙기고, 나를 위해서라면 정말 목숨을 버릴 수 있는. 그런 바보 같은 사랑스러운 사람들과 만날 수 있었다.

──그들은 반드시 지켜야만 한다. 나의 목숨과 바꿔서라도…….

그때 스마트폰이 울렸다.

"……왜?"

성기사 린포드였다.

"잠시 할 말이 있어서요. 친목을 다지기 위해서라도 밤바람을 맞으며 산책이라도 하지 않겠습니까?"

"공교롭게도, 너와 잘 지낼 마음은 손톱만큼도 없는데?"

"알겠습니다. 그렇다면 말을 바꾸지요. 이것은 명령입니다. 바티칸의 의사라고 생각해도 상관없습니다."

"……알겠어."

183

하코네의 온천 거리 구석에 있는 한 술집에 들어가자 긴 금발 머리의 린포드가 차이나 블루를 우아하게 흔들고 있었다.

"무슨 용건이야? 내가 곧 나가야 하는 거 알잖아? 애초에 나 같은 잔챙이를 시키는 것보다 네가 나서는 게 여러모로 빠를 것 같지만."

"뭐, 여러 가지로 확인해 둘 게 있어서 말이죠."

"뭘?"

"얼마 전 태평양에서 신형 폭탄 실험이 일어났다는 이야기를 아십니까?"

알고 있다. 소식을 듣고 현장까지 가서 확인까지 했으니까. 현장에는 전격을 쓴 흔적이 남아 있었다. 볼 것도 없이 그 녀석의 짓이었다. 뭐, 이세계에서 돌아온 뒤 이것저것 실험한 흔적이겠지.

"아니, 몰라."

"그렇군요. 그럼 구미호 부활 의식 말입니다만…… 듣자 하니 부활 시기가 잘못 알려졌다고요?"

그 말에 나의 등에 오싹하며 식은땀이 흘렀다. 이 녀석…… 혹시 눈치챈 건가?

"그게 어쨌는데? 나도 보고서에도 그렇게 적혀있잖아? 설마 아베노 카구야 같은 저 허접한 퇴마사가 구미호를 쓰러트렸다 하고 싶은 거야? 농담이 지나치네."

"흐음? 이거 이상하군요?"

"뭐가?"

"저는 구미호를 쓰러뜨렸다는 말은 한마디도 하지 않았는데, 어째서 갑자기 토벌 이야기가 튀어나오는 겁니까?"

"…………."

린포드가 크큭 웃으며 말했다.

"이런, 제가 좀 심술 궂게 굴었군요. 솔직하게 말하자면, 신형 폭탄 병기 실험이니 구미호 부활이니…… 저는 내막을 대충 알고 있습니다."

"…………."

"……용사겠죠."

나의 등에서 땀이 폭포처럼 주르륵 흘렀다.

"용사? 무슨 말이야?"

"아, 괜찮습니다. 아직 바티칸은 눈치채지 못했거든요. 애초에 바티칸은 이세계가 있는지도 모르니까요."

"무슨 말을 하는지 모르겠는데?"

"입이 단단하시군요, 후후. 저 역시 이세계에서 돌아왔습니다. 당신의 정체도 어렴풋이 알고 있죠. 흡혈귀와 천익인의 혼혈. 뭐, 잘도 바티칸에 기적인정을 받았군요. 운 하나는 좋은 모양입니다?"

"……무슨 말인지 전혀 모르겠는데."

"끝까지 모른척하실 요량이시군요. 뭐, 그래도 상관없습니다. 제가 하고 싶은 말은 바티칸에는 이세계의 존재를 감춰야 한다는 겁니다. 간단히 초월적인 힘을 얻을 수 있는 세계가 존재한다는 걸 말이죠."

"……무슨 말을 하고 싶은데?"

"저는 바티칸의 가장 위로 올라갈 예정입니다. 그런데 도중에 저보다 강한 사람이 튀어나오면 곤란하지 않겠습니까?"

"…………"

"처음에는 이세계 은폐를 위해 당신도 제거할 생각이었습니다만, 바티칸은 무슨 까닭인지 당신에게 이상할 만큼 집착하고 있더군요."

"뭐 그런 것 같네. 성유물도 쥐여줄 정도니까."

"예, 그렇게 되면 당신을 제거하는 건 지금으로서는 저에게 마이너스로 작용하죠. 당신과 바티칸의 관계성도 모른 채 움직였다가 일이 꼬이면 답이 없거든요."

"……그래서?"

"당신의 이번 임무를 모두 감시하겠습니다. 용사가 튀어나올 가능성까지 모두 포함해서. 제 계획에 방해가 될 테니까요."

상황이 더욱 안 좋게 돌아가고 있었다. 모리시타 다이키와 린포드를 만나게 두면 위험해진다.

저번 의식을 방해했을 때도, 이 녀석은 모리시타 다이키의 존재를 염두에 두고 있었을지도 모르겠다. 아니, 분명 예상했겠지. 그때 다이키에게 도움을 청했으면 큰일 날 뻔했다. 이번에 녀석이 나서지 않으면 좋겠는데…….

"뭔지 모르겠지만 마음대로 해. 이야기는 그게 다야?"

"여우와 너구리가 서로 술수를 부리는 상황이로군요."

린포드가 피식 웃더니, 문득 생각난 듯 말했다.

"아, 하나 더 있습니다. 이번 임무가 끝나면 당신의 가디언즈는 아프리카로 보낼 겁니다."

"아프리카라니?"

"분쟁지대의 영적 치안업무예요. 그 부근은 아직도 주술사가 공식적으로 활동하고 있어서 혼란스럽거든요."

"그 말은 나도 아프리카로 보내겠단 뜻이야? 나 참…… 너무 부려먹는데."

"아니요, 당신은 일본에 남아주셔야 합니다."

"무슨 소리야?"

"제가 바티칸에 진언했습니다. 불온분자가 될지도 모를 당신에게 지나친 전력을 주지 말라고."

"나와 가디언즈를 떼어놓을 셈이야?"

"당신들이 평범한 도미니온즈와 가디언즈였다면 저도 이렇게까진 안 했을 겁니다. 그런데 아무래도 바티칸의 태도가 마음에 걸려서 말이죠. 뭐, 그걸 빼더라도 아까 말했듯, 이세계 정보를 쥐고 있는 것만으로도 이미 성가시거든요. 일종의 인질이라고 생각하십시오."

"……인질? 가디언즈를?"

"예, 저한테 그랬듯 이세계 정보도 꾹 입 다물고 계시면 됩니다. 그다음은 뭐, 저의 오른팔이 되어 앞으로 바티칸의 위로 올라갈 저의 공적을 위해 힘을 써주시지요."

"거부한다면?"

"인질이 뭔진 아시죠? 지금 아프리카에선 분쟁이 한창이라서 말이죠. 무슨 사고로 목숨을 잃을지 알 수 없습니다. 당신 같이 인질을 잡힌 사람이 사실 한둘이 아니라서 말이죠. 제가 가서 제거하라고 하면 움직일 사람은 많습니다."

린포드가 즐겁게 웃으며 말했다.

"이런, 안색이 창백하시군요. 어디 아프십니까?"

"……아무튼 이번 임무는 완벽하게 수행하겠어."

그 말만 하고 나는 일어나 바를 나섰다. 그리고 휘청거리는 발걸음으로 여관으로 돌아갔다.

사이드: 린포드

차이나 블루가 담겼던 칵테일 잔이 비자, 린포드는 이어서 나온 위스키 더블을 받아 한 모금 마셨다.

린포드는 자신의 스테이터스 창을 보며 한숨을 내쉬었다.

"반사 스킬을 얻으면서 함께 붙은 '마왕의 종자'의 영향이 점점 짙어지는 것 같군요. 성격이 점점 포악해지고 있는 듯한……. 아니, 욕망에 솔직해지고 수단을 가리지 않기 시작했다고 하는 게 맞을까요."

가게에 남은 손님은 이제 그뿐이었다. 그나마 눈앞에 있던 바텐더가 안쪽으로 들어가자 그는 자조하듯 웃음을 흘렸다.

"성기사가 마왕이라니……. 아니, 어쩌면 그게 나한테 더 어울릴지도 모르겠군요."

린포드는 큭큭큭 하고 다시 웃음을 흘렸다.

"아무렴요. 바티칸의 정점에 올라 세계를 파괴할 궁리나 하는 저에게는 오히려 딱 어울리는 칭호지요."

사이드: 레이라 사카구치

"공주님! 이런 처사는 납득할 수 없습니다! 저희는 항상 공주님과 함께한다…… 옛날부터 그런 명령을 받아왔지 않습니까!"

린포드와 헤어진 뒤 나는 방으로 가디언즈를 모았다.

그리고 모리시타 다이카와 이세계 이야기는 덮어둔 채, 린포드가 나를 불온분자로 생각하고 있다는 것과 가디언즈가 아프리카로 가게 될 상황이라는 걸 전했다.

"어쩌면 때가 온 걸지도 모르지. 불온분자 소리까지 들어가며 억지로 바티칸에서 버텨봐야 입지가 점점 줄어들건 자명해. 그러니 앞으로 어떻게 할지는 너희가 직접 정해."

"저희가 말입니까?"

세라피나의 말에 나는 고개를 끄덕였다.

"선택지는 둘이야. 바티칸의 명령을 충실히 따르는 로봇이 되든지, 아니면 모든 걸 버리고 바티칸을 떠나든지. 물론 바티칸을 떠난다 해도 온갖 풍파가 기다리고 있을 거야. 어쩌면 바티칸이 숙청하려들 수도 있지. 그러니까 너희가 직접 정해."

그러자 가디언즈는 얼굴을 마주 보더니 입술을 깨물었다.

"저희는…… 바티칸을 벗어나 본 적이 없습니다."

그렇겠지. 그렇게 대답할 줄 알고 있었다.

"로봇이 되어 일하더라도 좋아진다는 보장은 없어. 오히려 남아 있다가 숙청을 당할 수도 있지. 그래도…… 바티칸을 따를 거야?"

"저희는 선택의 여지가 없습니다. 바티칸 이외에 살아갈 곳을 모르니까요. 공주님께서는 위험하다고 말씀하셨지만, 언젠가 신용을 되찾으면 저희는 다시…… 공주님과 같은 곳에서 일할 수 있을지도 모릅니다."

사실 살짝 기대하고 있었다. 그녀들이 바티칸을 나설 결단한다면 나 또한, 다시 모리시타 다이키의 옆에 설 수 있을지도 모르니까. 하지만 내 뜻대로 되진 않을 것 같다. 불가능한 꿈은 품고 있어 봐야 의미가 없다.

"……알겠어. 그건 나중에 다시 얘기하자. 지금은 눈앞의 임무만 생각할 것. 알겠지?"

그러자 세라피나가 죄송한 듯 나에게 머리를 숙였다.

"공주님께서 불온분자 의심을 받고 계신다고 하셨는데, 독단으로 룽기누스를 사용한 게 문제가 된 겁니까?"

그것도 이유일 수는 있지만, 주요인은 린포드였다.

하지만 그렇다고 그녀들에게 용사나 이세계를 설명할 수도 없는 노릇이었다. 자칫하면 린포드가 입막음을 위해 그녀들을 제거하려 들 수도 있었다.

"……그럴지도 모르겠네."

"저희가 공주님을 모시고 있음에도 불구하고, 바티칸을 향한 절대적 충성에 의심받을 여지를 만들다니, 죄송합니다. 저희가 공주님을 더욱 잘 보필했으면……."

바티칸을 향한 절대적 충성이라…….

그녀들은 새장에 갇힌 새였다. 바티칸에서 태어나 바티칸에서 교육을 받고, 바티칸의 임무를 수행하기 위해 만들어진, 오직 바티칸을 위한 양산형 로봇.

나는 무심코 웃고 말았다.

새장 안에 갇혀 있는 건 나도 마찬가지였다. 결국, 모리시타 다이키에게 도와달라 한마디 하지 못했으니까. 고작 10년 정도 몸담고 있었을 뿐이건만, 바티칸에서 족쇄를 채우기에는 충분했던 모양이다.

"역시 가시밭길을 가는 수밖에 없나……."

나는 조용히 성호를 그었다. 그녀들을 지키겠다고 결심한 이상, 이 길을 나아갈 수밖에 없다.

그야말로──.

──주의 이름 아래서.

준비를 끝마친 나는 롱기누스를 들고 신사로 이어지는 길고 긴 계단을 걸었다.

동쪽 신사는 내가, 서쪽 신사는 가디언즈가 맡기로 했다. 두 신사 중 어느 한쪽이라도 요마의 진혼 의식에 실패한다면…… 요코하마는 재앙과 백귀야행에 구렁텅이에 빠진다.

하지만 이번 일은 무엇 하나 나의 뜻이 들어간 게 없었다. 무엇 하나 즐겁지도 않았다. 자신이 뭘 하고 있는지도, 어떻게 해야 빠져나올 수 있는지도 전혀 알 수 없었다.

어쩔 도리가 없었다. 나에게 주어진 길은 이것뿐이었다. 저도 모르게 메마른 웃음소리가 새어 나왔다.

"후후…… 아하하……."

이제 됐다. 생각을 그만두자.

──나는 흡혈귀와 천익인의 금지된 아이.

도시를 파괴로 이끄는 악마…… 타천사와 딱 어울리지 않는가.

어떤 의미로는 후련한 마음으로 계속 계단을 올라갔다.

계단을 모두 올라가 도리이를 지나던 차에 당당한 목소리가 귀에 들어왔다.

"이미 의식은 시작되었는데, 너무 태평하네. 무슨 사장님이라도 돼?"

"아베노 카구야……."

무녀복을 입고 평소처럼 가면을 쓴 듯한 얼굴. 오른손에 일본도를 들고 그녀가 왼손으로 긴 머리를 획 쓸어 넘겼다.

"어머, 모리시타가 아니라 아쉬워?"

"…………."

조용히 그 자리에 멈춘 나에게 그녀가 여전히 무표정한 얼굴로 물었다.

"레이라 사카구치, 사실은 이쪽으로 돌아서고 싶지? 모리시타와 함께 있고 싶지? 아니야?"

"…………."

곧 아베노 카구야의 목소리에 약간 화가 섞이기 시작했다.

"평소처럼 네가 정한 너의 법리에 따른 결정사항이라는 논리로…… 건방지게 밀어붙여 보지 그래? 바티칸의 규범을 부숴보라니까? 네 장점은 건방지고 제멋대로인 점이 아니었나? 모른 척 얌전떨 생각이면 관둬."

나는 어깨를 부들부들 떨며 대답했다.

"네가…… 네가 나에 대해 뭘 안다는 거야!"

"그런 거 알 리가 없잖아. 응석 부리지 마."

"……뭐?"

"난 네가 아니야. 네 사정 따위, 알 리가 없지."

"…………."

"하지만 이건 알고 있어. 사실 넌 나의 편이 되고 싶고, 모리시타와 함께 있고 싶어. 아니야?"

"……시끄러워."

"그래, 시끄럽겠지. 그렇게 들리도록 말했으니까."

"……닥치라고 했잖아!"

"어머나, 싫은데? 나는 원래 이런 성격이라서 말이지. 잘 들어, 레이라 사카구치. 너는 어찌해야 하는지 모르겠다고 생각하고 있는 모양인데, 이건 아주 간단한 거야."

"간단?"

"자, 마지막으로 물을게. 나는 가능하면 싸우고 싶지 않지만, 너는 기어이 싸울 생각인 거지?"

"……그래. 맞아."

"교섭 결렬. 남은 수단은── 힘으로 꺾는 전쟁뿐이네."

"……할 생각이야?"

"규칙은 매우 간단해. 내가 이기면 나의 말에 따를 것. 반대로 네가 이기면 네가 하고 싶은 대로 해. 나는 이제 엮이지 않을 테니."

아베노 카구야가 칼을 뽑아 들며 말했다. 나도 그녀를 향해 롱기누스를 겨누었다.

"훗, 넌 이해가 빨라서 좋아. 죽여버린다고 해도 서로 원망하지 않기다?"

"할 수 있으면 해 봐."

"그래, 슬슬 시작해볼까."

사이드: 모리시타 다이키

서쪽 신사.

작던 대로 신사에서 기다리고 있자니 요란한 바이크 소리와 함께 타나카 선생님…… 세라피나를 비롯한 네 명의 성기사가 찾아왔다.

"이건 못 이긴다. 항복하마."

세라피나가 내 얼굴을 보자마자 어깨를 으쓱하며 말했다.

"아니, 시작도 전에 항복이 무슨……."

내 말이 끝나기도 전에 무장을 풀고 바이크에서 내려 바닥에 창을 내던지는 가디언즈.

내가 맥빠진 표정을 짓고 있자 세라피나가 어쩔 수 없다는 듯 설명을 시작했다.

"바티칸의 복무규정상 패배가 명확한 경우에는 결사항전일 때를 제외하고 적에게서 도주할 수 있다. 바로 지금처럼. 우리 다섯은 쓸모없는 싸움을 바라지 않아."

아니, 말은 이해가 가지만…… 나는 손으로 턱을 어루만졌다.

"나는 이쪽을 해결하면 사카구치에게 갈 거야. 그래도 되겠어? 너희는 가디언즈잖아?"

그러자 세라피나가 훗 웃었다.

"넌 공주님을 해할 생각이 없어. 공주님에게 그렇게 들었고, 실제로도 그렇겠지."

뭐, 그야 그렇지만…….

"그래서 그냥 손 놓겠다고?"

"그래. 여기서 저항하다 죽는 것보다 이후에 있을 바티칸의 사명을 수행하는 쪽이 바티칸에 이득이니까."

"흠⋯⋯⋯⋯."

"아무튼, 우리는 싸울 마음이 없다. 우리를 못 믿겠다면 밧줄로 묶든 뭐든 마음대로 해. 우리는 이 자리에서의 긍지보다도 미래의 이득을 취하겠다. 그게 바티칸의 가르침이야."

이 말을 듣고 나의 가슴에 시꺼먼 무언가가 솟구쳐 올랐다. 무엇일까, 이 감각은⋯⋯ 아무튼 저 말은 마음에 들지 않았다.

"사카구치가 곤경에 빠진 것은 알고 있지?"

"물론이지. 우리도 그 건 때문에 마음이 아프니까."

"원인은 바티칸 아니야?"

"그렇지."

"그걸 아는데도 너희는 바티칸을 따르겠다는 거야?"

"⋯⋯그게 공주님의 판단이라면."

나는 어이가 없어 말도 나오지 않아 어깨를 으쓱했다.

"너희는 바티칸도 모자라 사카구치에게 책임을 떠넘길 생각이야?"

그러자 세라피나가 입을 떡 벌렸다.

"너희는 그냥 바티칸의 노예처럼 따르고 있을 뿐이잖아. 말해 봐, 사카구치가 지금 바티칸에 원해서 따르고 있어?"

세라피나는 잠시 침묵하더니 조용히 입을 열었다

"⋯⋯우리는 바티칸을 벗어나 사는 방법을 몰라."

"너희가 그런 식이니 그 녀석이 힘든 거 아냐? 그런 것도 몰라?"

"우리 때문에 공주님이…… 힘들다고?"

"나는 너희가 어떻게 살아왔는지 몰라, 부정할 생각도 없어. 너희들이 어떻게 살아왔든 사카구치를 위해 움직였다는 건 사실일 테니까."

"……무슨 말을 하고 싶은데?"

"너희는 그러고도 살아 있다고 말할 수 있어? 천수를 누리든, 병사하든, 전사하든…… 마지막 순간에 인생을 후회 없이 살았다며…… 웃으며 갈 수 있냐고! 너희 의지는 대체 어디에 있지?"

"…………."

"그럼 난 이제 갈게. 신사는 만에 하나라도 건들지 마라."

"그래, 약속하지."

동쪽 신사에서는 지금쯤 사카구치와 아베노 선배가 맞부딪히고 있을 것이다. 나는 동쪽을 향해 발을 돌렸다.

"잠깐, 모리시타!"

"왜?"

"우리를 이대로 두고 갈 셈인가? 우리를 묶어두지 않으면 이 신사를 공격할지 모르는 일이지 않나?"

나는 그 말에 피식 웃었다.

"난 사카구치를 믿어."

"공주님을 믿는다니?"

"사카구치가 너희를 믿는 것처럼, 나도 그녀를 믿는다고. 사카구치라면 한번 한 약속은 어기지 않을 테니까."

"아니, 너……."

"난 바빠! 이만 간다!"

사이드: 세라피나

그렇게 눈에 보이지 않을 속도로 모리시타 다이키는 동쪽 신사를 향해 달려갔다.

"세라피나 님……."

"왜 그러지, 리제?"

"절호의 기회입니다! 지금 신주를 다 같이 공격하면……."

나는 리제를 퍽 때려 응징했다.

"아야!"

"그자의 실력이라면 우리가 아무리 저항한들 한순간에 끝났겠지. 그런 그가 먼저 자비를 베풀었건만, 너는 공주님 얼굴에 먹칠을 할 셈이냐!"

"네……?"

이 모습에 나는 무어라 말할 수 없는 감정이 솟구쳐 고개를 가로저었다.

"인정하고 싶지 않지만, 공주님의 남자를 보는 눈이 확실했을지도 모른다는 거다."

"……네? 그게 대체 무슨 뜻입니까?"

나는 대답하지 않고 바이크에 올라 동쪽 신사를 향해 액셀을 밟았다.

"가자…… 공주님의 곁으로."

"……어쩌시려고요?"

"무슨 일이 있어도 목숨을 걸고 공주님을 돕는다."

사이드: 레이라 사카구치

온몸에 칼에 베인 상처가 난 나는 화가 치밀어 소리를 지르고 말았다.

"웃기지 마…… 웃기지 말라고!"

그러자 무녀복을 피로 적신 아베노 카구야가 숨을 다듬으며 고개를 갸웃했다.

"웃기지 말라니, 무슨 말일까나?"

"롱기누스를 해금한 나와 대치하고 있다는 것만으로도 화가 치미는데 대체 이게 무슨 꼴이야?!"

"그러니까 하고 싶은 말이 뭔데?"

"부적은커녕 장검도 아닌 소태도로 롱기누스랑 겨루고 있잖아?! 날 얕잡아보지 마!"

나는 마력을 롱기누스와 모든 마장으로 흘려보냈다.

나는 붉은 오라에 휩싸이며 마장의 기어를 한 단계 더 끌어올렸다.

"오버 드라이브! 제4위계: 주천사 도미니온즈에서 제3위계: 좌천사 오파님으로 기어 체인지! 지금이야말로 내 전력을 보여주겠어!"

나 자신도 두려울 만큼 강력한 힘이 몸 안에서 솟구쳤다.

반사 신경이 극한까지 날카로워져 마치 세상이 멈춘 듯이 느껴졌다. 길게 늘어난 시간 속에서 나는 아베노 카구야를 향해 돌격했다.

"과연. 엄청난 속도네."

아베노 카구야가 무표정하게 중얼거리며—— 소태도로 롱기누스를 가볍게 튕겨냈다.

"이 짧은 시간에 얼마나 강해진 거야?"

"너야말로 나보다 학년도 낮고 레벨도 낮은 주제에 어떻게 이만큼 강한 건데? 조만간 음속도 돌파하는 거 아냐?"

아베노 카구야가 휘두른 소태도를 피하며, 나는 일단 뒤로 물러나 거리를 벌렸다.

"이쯤 되면 승부는 뻔하지 않니? 슬슬 항복하는 게 어때?"

"아니, 네가 계속 그 꼴인 한 너는 나한테 이길 수 없어."

"어머? 무슨 뜻일까?"

"부적도, 검도 아닌 그 어설픈 소태도 실력만으론—— 나에게 이기지 못한다는 의미야!"

나는 아베노 카구야를 향해 힘껏 땅을 박찼다.

그러자 그녀가 어이가 없다는 표정을 지었다.

"이미 한번 봤잖니? 빠르긴 하지만 내가 못 막을 정도는 아니……
어라?"

"괜히 천사의 날개가 달린 게 아니거든!"

나는 날개를 펄럭여 더욱 빠르게 날아들었다.

"이건 소태도로 못 막겠네."

아베노 카구야가 재빨리 허리에 차고 있던 검을 뽑아 휘둘렀
다. 나의 창은 그녀의 어깨를, 그녀의 검은 나의 목덜미를 향해
곧장 날아들었다.

──동시 공격.

이쪽은 치명상을 피하려고 어깨를 노렸는데 이 여자, 칼로 정
확하게 경동맥을 노리고 들어오다니.

동시에 공격이 들어간다는 건 동시에 카운터를 맞는다는 걸 의
미한다. 이만한 속도로 목에 칼이 들어오면 경동맥은커녕 목뼈까
지 날아갈 거다. 아무리 나라도 회복능력이 커버할 수 있을지 의
문인 수준이다.

자칫하면 죽는다.

이윽고 룽기누스가 그녀의 오른쪽 어깨에 닿는 순간, 아베노
카구야의 검이 내 목에 닿았고, 그녀는 어깨에서 붉은 피를 흩뿌
리며 그녀가 그 자리에 쓰러졌다. 나 또한 피를 뿜어내며 쓰러
졌……어야 했건만, 내 목에는 피 한 방울 흐르지 않고 있었다.

손으로 목을 아무리 만져봐도 상처하나 없었다. 나는 바닥에

쓰러진 아베노 카구야를 보고 나서야 비로소 상황을 깨닫고 자리에 주저앉았다.

"죽……도?"

"그래, 맞아."

당연하지만 죽도에는 날이 없다. 결국, 이 여자는 처음부터 나를 죽일 생각이 없었단 의미였다. 소태도로 여유를 부린 게 아니라 그것밖에 없었던 거다.

그녀의 어깨에서 피가 끊임없이 흘러나왔다. 치명상을 피하려고 어깨를 노렸지만, 상처가 얕지는 않았다. 응급처치가 늦으면 과다출혈로 목숨을 잃을 거다.

나는 비통한 표정으로 작게 중얼거렸다.

"나…… 끔찍한 짓…… 끔찍한 짓을…… 저질러버렸어…… 미, 미안…… 미안해…… 정말 미안해…… 내…… 내가…….."

그러자 아베노 카구야가 고개를 가로저었다.

"레이라 사카구치, 나는 친구가 없어."

"그런 건…… 나도 알아. 갑자기 무슨 소리야?"

"너도 친구가 없지?"

"그래."

"하지만 나도 최근에…… 친구가 생겼어."

"모리시타 다이키 말이야?"

"아니, 레이라 사카구치라는 멋진 여자애야."

"……어?"

"혹시 너도 날 친구라고 생각해준다면…… 난 정말 기쁠 거야."

그 말에 나의 눈에서 눈물이 흘렀다.

──입이 험하고.

──성격도 나쁘고.

──심지어 나의 연적이고.

진심으로 짜증 나고, 정말 죽이고 싶었던 적이 한두 번이 아니다. 하지만──.

"치사해…… 너무 치사하다고, 너……."

아베노 카구야의 말이 칼날이 되어 심장을 찌르는 것보다도…… 나의 마음을 도려내는 듯 너무 아프고 서글펐다.

"이제 어떻게 할래? 레이라 사카구치?"

어떻게 하고 말고는 이미…… 정해져 있다. 이 내가…… 아베노 카구야 앞에서 펑펑 울며 한심하게 어깨를 떨고 있으니까.

이제 더는 아베노 카구야에게 창을 겨눌 수가 없다.

"……저기, 아베노 카구야?"

"왜?"

"난…… 이럴 때 뭐라고 말하면 좋을지…… 모르겠어."

"넌 그저 자신이 있던 곳으로 돌아오려고 하고 있을 뿐이야. 그럼 다녀왔습니다…… 라고 말하면 되지 않을까?"

나는 고개를 끄덕이고 여전히 눈물을 펑펑 흘리면서도…… 활짝 미소를 지으며 힘차게 말했다.

"……다녀왔습니다."

"응. 어서 와."

그러며 아베노 카구야는—— 답지도 않게 부드러운 미소를 지었다.

"이거 꽤 재미있는 연극이군요."

"린……포드?"

어느새 나타난 린포드가 나를 향해 걸어오며 말했다.

"레이라 씨? 저는 분명 당신에게 의식을 방해하라고 명령했는데, 대체 여기서 뭘 하고 계신 겁니까?"

나는 린포드를 노려보며 말했다.

"아니! 나는 이제 널 따르지 않겠어!"

"이런 결말은 원하지 않았는데 말이죠. 도미니온즈와 성기사, 그리고 하찮은 무녀에 용사를 모두 죽여야 한다니."

린포드가 손을 짝 마주쳤다.

"그럼 이렇게 하죠. 레이라 씨 일동은 바티칸에 반역하였으므로 숙청, 그리고 용사와 무녀는 이번 임무를 방해한 현지 조직의 일원으로 하여 숙청한 것으로."

그 말에 나는 새파랗게 질렸다.

"숙청이라니 무슨 말이야? 게다가 모리시타 다이키는 관찰하겠다고 하지 않았어?"

"관찰은 지난번에 끝났습니다. 그리고 그의 MP가 거의 남아 있지 않은 것을 확인했지요. 지금이 둘도 없는 호기입니다."

"그게 대체…… 무슨……?"

"그를 끌어내기 위해 당신을 움직였다는 뜻입니다. 거리에서 싸우기에는 너무 눈에 띄지 않습니까? 용사 건은 바티칸에도 보고할 수도 없으니까요."

린포드가 킥킥 웃었다.

"가디언즈에게 거기 있는 무녀를 고문하라 시킨 것도, 그가 회복마법으로 MP를 낭비하게 만들려는 게 목적이었습니다. 그리고 아시다시피 제 뜻대로 됐죠. 뭐, 요컨대 준비가 모두 끝났다는 말입니다. 게다가 애초에…… 레이라 씨는 이세계에 대해 불필요한 지식을 너무 많이 갖고 있거든요. 여기서 숙청하지 않으면 훗날 불확정 인자가 될 테니까요. 반대로 여기서 죽이지 않을 이유를 찾는 것이 어렵군요."

"……그래…… 넌 역시…… 구제불능의 나쁜 놈이구나."

"칭찬으로 받아들이지요."

그러자 아베노 카구야가 상처를 지혈하며 나에게 물었다.

"그런데 레이라 사카구치? 저 긴 금발에 예쁘장한 남자가 네가 벌벌 떨던 그 녀석이야?"

"그래, 이 남자도 이세계에서 돌아온 모양이야…… 물리 공격 반사와 마법 공격 반사를 사용하는 반칙의 상징 같은 녀석이지."

"반사 스킬인가……. 잘난 척할 만하네."

"아마 모리시타 다이키도 이기지 못할 거야. 물리법칙을 무시한다면 설령 용사의 스테이터스를 가지고 있어도 대책이 없어."

"그래, 그게 사실이라면…… 나도 그렇게 생각해. 아니, 사실이 겠지. 하지만 말이야, 레이라 사카구치?"

아베노 카구야가 단언했다.

"그래도 나는 그를 믿어."

동시에 아베노 카구야가 일어섰다.

"너…… 일어나도 괜찮겠어? 일어날 수는 있어? 꽤 상처가 깊을 텐데?"

"가능하고 말고는 중요하지 않아. 할 수밖에 없잖아."

그러며 아베노 카구야가 허리에 찬 칼을 오른손으로 뽑으며, 왼손에는 부적을 우르르 꺼내 들었다.

"——함께 싸우자."

"너와 어깨를 나란히 하고 싸우다니…… 그 신사 이래인가."

"뭐, 여기도 신사지만."

나는 그 말에 후후 웃고 말았다.

그때 린포드의 등 뒤에서 빛의 뱀 같은 광선이 열 개쯤 나타났다. 아니, 뱀이라고 하기에는 너무 거대했다. 눈대중으로 봐도 길이가 20m는 되어 보였다.

"스킬: 파라오의 뱀입니다. 빛의 오라를 실체화시켜 공격할 수 있지요."

열 마리의 뱀 중 하나가 나에게 달려들었다. 속도가 너무 빨라 나로서는 온전히 대응하기 어려워 보였다.

"신기: 성기사의 대방패!"

결국 회피를 포기한 나는 바티칸에서 배운 방어술식을 사용했다.

"성기사의 대방패── 정확하게 말하면 빛의 소방패: 레벨4라는 스킬이지만요."

린 포드의 공격이 닿는 순간, 빠직 소리와 함께 방어술식이 깨졌고──.

"일격에?! 꺅!"

그대로 달려든 빛의 뱀에게 배를 맞아 나는 뒤로 성대하게 날아갔다.

"큭⋯⋯."

내장을 다쳤다. 간이 망가진 모양이다. 척추뼈에도 살짝 금이 갔다. 일어나려고 했지만, 다리가 말을 듣지 않았다.

"내가 일격에 쓰러지다니⋯⋯"

"이 스킬은 10레벨이거든요. 공격력은 별 볼 일 없습니다만, 주변의 적을 자동으로 공격하는 편리한 능력이 있지요. 뭐, 공격력이 낮아도 여러분의 스킬 레벨을 생각하면 충분히 위협적이겠지만요."

"안됐네. 레벨 10이라면 나도 쓸 수 있어. 스킬── 카미카쿠시!"

"뭣?!"

어느새 아베노 카구야가 린포드의 바로 옆까지 다가가 있었다. 그녀는 칼을 내던지고, 오른손으로 린포드의 입을 비틀어 열었다.

"레이라 사카구치에게 너무 정신을 뺏긴 모양이네. 아무래도 반사가 자랑인가 본데⋯⋯ 이건 어떨까?"

아베노 카구야가 그대로 부적 한 장을 린포드의 입속으로 밀어넣었다. 물 흐르는 듯한 동작으로 린포드의 입을 닫고──.

"화염술: 화조의 춤…… 내부 폭격."

반사 스킬이라 들은 순간…… 은신 스킬부터 몸속을 직접 공격하는 전략을 순식간에 짜냈단 말인가?

이 녀석…… 머리가 대단히 좋다. 분하지만 전투 센스는 나보다 훨씬 높다.

린포드의 능력은 반칙급이다. 외부의 공격을 완벽하게 반사한다. 하지만 몸 내부에서 폭발시킨다면…… 공격이 통할지도 모른다.

그러나 잠시 뒤, 아베노 카구야가 입에서 불을 내뿜으며 그 자리에 털썩 주저앉았다.

나는 쯧 혀를 찼다. 내부를 공격해도 외부와 마찬가지로 반사가 작용하는 모양이다.

"정말 이런 방법으로 나에게 대미지를 줄 수 있으리라 생각한 겁니까? 이거 유쾌한 아가씨들이군요."

"이것도 안 된다면 방도가 없네. 혹시 몰라서 약한 술식을 썼는데, 대폭술: 메기도를 사용했다면 난 지금쯤 산산조각……."

그대로 아베노 카구야가 앞으로 엎어지며 힘없이 쓰러졌다.

"그래도…… 몸 안을 다치면 버틸 수가……."

결국 그녀는 정신을 잃고 말았다.

"아……."

틀렸다. 역시 이 녀석에게는 무슨 짓을 해도 절대 이길 수 없다.

설령 모리시타 다이키가 '토르 해머'를 사용하여 지형을 뒤바꿀 만큼 압도적인 전격을 날리더라도 모두 반사할 거다.

더는…… 정말 어쩔 도리가 없다.

"절망이 가득한 표정이군요. 좋은 얼굴입니다."

"린포드? 너의 목적이…… 뭐야? 아니, 넌 대체 누구야……?"

"저는 이세계에서 절대적인 능력을 손에 넣었습니다."

"절대적……?"

"제가 누구냐고 한다면—— 그래요, 이 세계에 혼돈을 불러오려는 최강의 파괴신이라고 하면 되겠군요."

확실히 이 녀석의 스킬은 그야말로 신 같은 능력이다. 신의 섭리인 물리법칙을 뒤틀어, 이 세상의 누구도 그를 해칠 수가 없으니까.

린포드가 다가와 쓰러진 나의 머리를 짓밟았다.

"그나저나 이게 도미니온즈라니……. 일찍이 제가 올려다보던 존재는 이처럼 하찮은 수준이었던 겁니까."

린포드가 발에 서서히 힘을 주고 있는지 조금씩 고통이 강해졌다.

1초.

2초.

5초.

10초.

"큭……."

이 이상은 두개골이 버티지 못할 거다. 여기서 더 힘을 주면……

나의 머리는 산산조각이 나겠지. 아무리 재생능력이 있는 나라도 머리가 망가지면 끝이다.

"그만둬……."

아베노 카구야가 비틀거리며 일어났다.

"그건 당신이 먼저 죽고 싶다는 뜻입니까?"

린포드가 나의 머리에서 발을 떼고 아베노 카구야를 향해 돌아섰다.

"안 돼…… 아베노 카구야는 그냥 놔둬!"

나는 린포드의 오른발을 붙잡았다.

"하하, 서로 감싸주는…… 겁니까. 정말 웃긴 연극이로군요."

그러며 린포드가 즐겁게 웃기 시작했다.

"하하, 하하하하! 하하하하! 이세계에 가길 정말 잘했어! 하하하! 하하하하! 그저 올려다보기만 하던 도미니온즈를 지금은…… 내가 발길질을 하고 있으니. 그렇습니다! 저야말로 최강입니다! 절대자이자 초월자인 저에게 불가능한 일은 이 세계에 존재하지 않습니다!"

린포드가 나의 배를 걷어찼다.

"큭…… 커헉……."

"한때 머리를 조아려야 했던 도미니온즈를 쓰러뜨리고, 저는 육천성에 오를 겁니다. 그리고 바티칸을 장악해── 모든 것을 파괴할 겁니다! 모조리 분쇄하고 철저하게 짓밟아 다 부숴버리겠습니다!"

린포드가 유쾌하게 웃으며 나의 머리를 마치 축구공을 차듯이 차버렸다.

"큭……."

코뼈에 금이 갔나. 코피가 줄줄 흘러 바닥을 붉게 물들였다.

"그래요, 저는 최강의 파괴신입니다. 절대적인 최강의 파괴신 말입니다! 하하! 하하하하하! 그렇습니다! 권총, 기관총, 전차, 함포, 미사일── 핵병기에 이르기까지…… 어떠한 공격도 저에게는 통하지 않습──."

그때, 갑자기 바람이 불어와 린포드의 말을 끊었다.

"──그허억?!"

쿵!

금속 배트로 얼굴을 맞은 린포드가 10m쯤 날아가 커다란 나무에 처박혔다.

"이 느낌…… 반사 스킬인가. 이거 또 성가신 녀석이 나타난 모양인데."

린포드는 나무에 박힌 채 멍한 표정을 지었다. 곧 그 잘생긴 얼굴의 오똑한 코에서 붉은 액체가 주룩 흘렀다.

린포드는 오른손으로 코피를 확인하고 믿기지 않는다는 표정을 지었다.

"…………물리 반사…… 아니? 어째서 내가 코피를……?!"

모리시타 다이키가 한심하다는 표정으로 금속 배트를 거머쥐었다.

"스킬: 치트 브레이크(용사 보정)다."

"치트 브레이크……?"

"너 같은 반칙 스킬을 지닌 사람은 너 하나뿐이 아니야. 마왕의 측근에도 여럿 있었거든."

"……뭐?"

"왜 마왕이 저쪽 세계에서 그만큼 두려운 존재였는가…… 그건 네놈 같은 치트 스킬을 잔뜩 갖고 있기 때문이야."

"무슨 말을……?"

"그리고 왜 용사가 마왕에 대적할 인류의 검이라 불리는지 알아?"

그러며 모리시타 다이키가 히죽 웃었다.

"용사가 치트 브레이크 스킬을 가지고 있기 때문이야. 즉, 네 잘난 반사는 내게 통하지 않아."

그 말을 듣고—— 오른쪽 콧구멍에서 피, 왼쪽 콧구멍에서 콧물을 흘리며 린포드가 어안이 벙벙한 표정으로 말했다.

"…………뭐?"

우리의 눈앞에서 열 마리의 거대한 뱀이 종횡무진 하늘을 날아 모리시타 다이키에게 달려들었다. 하지만 모리시타 다이키는 태연한 얼굴로 금속 배트를 들어 린포드가 날린 파라오의 뱀을 후려쳐 떨어뜨렸다.

"윽!"

배트에 맞은 빛의 뱀이 사라지자 바로 새로운 뱀이 린포드의 등 뒤에서 나타났다.

"뱀이여!"

그리고 다시 뱀이 모리시타 다이키에게 덤볐지만, 똑같이 금속 배트에 맞아 사라졌다. 모리시타 다이키가 씩 웃었다.

"으음…… 이거, 파라오의 뱀이었던가? 게으른 S급 모험가가 자동요격기능으로 약한 적을 사냥할 때 사용하곤 했지. 하지만 기껏해야 특수기능이 달린 요격 스킬일 뿐, 이런 건 나에겐 봄의 산들바람이라고!"

"제길……."

린포드가 당황해 다시 뱀을 소환했다. 그러나 모리시타 다이키 는 엄청난 속도로 빛의 뱀을 공중에서 요격해냈다.

"대단해…… 저게 용사야? 우리와는 차원이 다르잖아."

"아니…… 구미호 때와 비교하면 힘을 거의 못 내고 있어. 게다 가…… 위험한 상황이야."

"위험하다니?"

그때 모리시타 다이키가 아베노 카구야에게 시선을 보냈다. 그러 자 아베노 카구야가 그에게 손가락 욕을 하며 고개를 가로저었다.

"아니, 왜 욕을 해?"

"우리만이라도 도망치라잖아. 그는 여기서 자신을 희생하고 죽을 셈이야."

"도망치라고? 지금 누가 봐도 밀어붙이고 있잖아?"

그때 린포드가 피식 웃었다.

"그런데 용사군? 어째서…… 당신은 모든 스킬을 개방하지 않는 겁니까? 마치 시간을 버는 듯이 보입니다만?"

그 말에 모리시타 다이키의 얼굴에서 처음으로 여유가 사라졌다.

"……너 따위는 신체능력 강화만으로 충분하거든."

"하하, 허세 부리지 말라고요? 다른 스킬을 쓸 수가 없는 것 아닙니까?"

"…………."

"반사를 무력화 당하긴 했습니다만, 당신이 억누를 수 있는 건 치트 스킬뿐인 듯하군요. 즉, 성기사 특유의 견고함까지는 잃지 않았습니다."

"…………."

"부족하지요? MP가."

"……맞아. 여기서 다른 스킬이나 마법을 쓰면 나의 MP는 순식간에 고갈되겠지. 그렇게 되면 네 놈을 순식간에 저승으로 보내버리는 수밖에 없다만…… 그것도 MP 없이는 불가능하겠지. 이대로 신체능력 강화만으로는 널 쓰러트리려 해도 시간이 오래 걸릴 테고."

그러며 모리시타 다이키가 우리를 향해 외쳤다.

"아베노 선배, 사카구치! 제가 시간을 벌겠습니다! 얼마 없는

MP라고 해도, 신체능력 강화만이라면 아직 버틸 수 있으니, 이 녀석을 붙잡고 있는 동안 어서 도망쳐요!"

아베노 카구야가 쏘아붙이듯이 말했다.

"네 말을 들을 생각은 전혀 없어."

"악━━━! 진짜 왜 그러는데! 부탁이니 제 말 좀 들어요!"

모리시타 다이키가 울먹이며 린포드에게 돌격했다.

빛의 뱀을 뚫고 지나가 린포드의 배를 노리고 금속 배트를 강하게 휘둘렀다. 린포드가 고통으로 얼굴을 찌푸리며 날아갔지만…… 경상을 입었을 뿐 결정타는 가하지 못했다.

그리고 다시…… 빛의 뱀이 나타났다.

여유롭게 거대한 뱀을 피하는 듯 보이지만, 자세히 보면 꽤 아슬아슬한 상황이다. MP…… 마력이 떨어진다는 말을 들은 뒤라 움직임에 초조함이 엿보이는 것을 잘 알 수 있었다.

"완전히 팽팽한 상태네."

"모리시타 다이키가 확실히 밀어붙이고 있잖아? 이미 타격도 다섯 번이나 가했고."

"어느 것도 결정타는 아니었잖아. 녀석을 쓰러트릴 만한 공격이 없어. 시간이 무한하다면 모를까……."

"……모리시타 다이키는 앞으로 얼마나 버틸 수 있는데?"

"나도 잘은 모르지만, 모리시타가 도망치라고 말했으니…… 이제 거의 한계가 아닐까?"

그리고 아베노 카구야의 말이 끝나기 무섭게 다이키를 감싼 오라가 한층 약해졌다.

"이제는 레벨10 조차를 유지하지 못하는 모양이군요? 지금은 레벨5~6 정도 아닙니까?"

린포드가 히죽 웃었다. 그리고 이때를 기다렸다는 듯 열 마리의 거대한 뱀이 일제히 모리시타 다이키에게 달려들었다.

한 마리, 두 마리를 없애고, 세 마리, 네 마리⋯⋯ 일곱 마리째를 내리친 찰나 마침내 공격에 맞고 말았다.

"커⋯⋯헉⋯⋯으윽!"

세 마리의 뱀이 머리를 들이미는 바람에 모리시타 다이키는 얼른 백 스텝으로 피했다. 일단 거리를 벌린 뒤 다시 덤벼드는 세 마리의 뱀을 금속 배트로 쳐냈다.

"밀리기 시작했네."

"저기⋯⋯ 어떻게 해, 아베노 카구야?!"

"조용히 해."

"⋯⋯응?"

"생각하고 있어⋯⋯ 생각하고 있지만⋯⋯ 지금은 방도가 없어. 우리가 할 수 있는 일, 그가 할 수 있는 일, 린포드가 할 수 있는 일을 모두 계산했지만⋯⋯ 현재는 도저히 방법이 없어. 타파하기 위한 요소가 부족해."

"이대로는⋯⋯ 이대로는⋯⋯ 내가 도우러 갈래! 무엇이 가능할지는 모르겠지만⋯⋯."

무릎을 꿇고 있던 내가 일어나려고 했지만, 아베노 카구야가 손으로 저지했다.

"지금은 버려야 해, 레이라 사카구치!"

"왜?"

"수단을 못 찾으면 어차피 좋든 싫든 돌격밖에 없어. 그래도 혹시 안 되더라도 그가 움직이는 동안에는…… 마지막까지 생각해 보자. 지금 쓸데없이 전력을 낭비하는 건 용납하지 않겠어."

"말은 그래도 어떻게 해야…… 아앗!"

린포드 뒤에서 다시 뱀 열 마리가 나타났다.

아홉 마리까지는 쓰러뜨렸으나, 마지막 뱀이 그의 금속 배트를 튕겨냈다. 결국 뱀의 박치기를 받은 모리시타 다이키가 뒤로 날아가고 말았다.

"쳇!"

모리시타 다이키가 혀를 차며 맨몸으로 뱀에게 헤드록을 걸어 마지막 한 마리를 제거했── 이어서 그를 감싼 오라가 더욱 약해졌다.

"레벨5도 유지할 수 없게 된 모양이군요…… 슬슬 막을 내려야 겠습니다── 용사군."

추악한 미소를 지은 린포드가 엑스칼리버가 날아간 방향을 바라보았다.

"이세계에 있던 최강의 성유물…… 성검 엑스칼리버. 숲속에서 찾으려면 꽤 고생하겠지만, 나중에 제가 잘 쓰도록 하겠습니다."

"젠장……."

"분하겠지요. MP만 있었어도 저를 가볍게 이겼을 테니까요. 혹시 이세계에서 용사가 이끌던 세계 최강의 파티 멤버가 한 사람이라도 이 자리에 있었다면…… 이야기는 전혀 달랐겠지만, 공교롭게도 이 자리에는 잔챙이밖에 없군요."

"아앗, 정말! 어떻게 해야, 어떻게 해야 좋단 말이야!"

그때 주위로 1500cc 몬스터 바이크의 시끄러운 소리가 울려 퍼졌다.

이윽고 맹렬한 엔진 소리와 함께 우리 눈앞에 다섯 대의 바이크가 나타났다.

"……세라피나?"

바이크에서 내린 가디언즈를 본 린포드가 기쁜 표정으로 반갑게 말을 걸었다.

"좋을 때 오셨군요! 이 남자의 마력은 이제 바닥입니다! 저의 뱀과 함께 돌격하십시오! 이것은 명령입니다!"

그 말을 들은 세라피나가 린포드를 노려보았다.

"거절한다! 공주님에게 해를 끼친…… 이…… 나쁜 놈!"

순간 린포드가 멍한 표정을 지었다. 그러나 곧 태연한 얼굴로 미소 지었다.

"뭐, 상관없겠지요. 명령을 듣든 말든 어차피 모두 죽일 거였으니…… 한 사람도 빠짐없이 말이죠. 후하하! 후하하하!"

드높이 웃는 린포드를 곁눈질하며 나는 세라피나에게 물었다.

"너희들…… 어떻게……?"

바닥에 무릎을 꿇고, 세라피나가 나를 응시하며 강하게 말했다.

"공주님, 명령을!"

"명령?"

"모리시타 다이키가 아무리 절대적인 힘을 지닌 자라고 해도, MP가 없으면 힘을 낼 수 없을 겁니다. 어서 그를 도우라는── 명령을!"

"어……?"

"외람되지만 저희는 현 시각을 기점으로 린포드에게 반기를 들 생각입니다. 서쪽 신사에서 오는 길에 다 같이 의논하여 정했습니다."

"세라피나…… 그 말이 무슨 뜻인지 알긴 해?"

그러자 세라피나가 각오를 다진 표정으로 고개를 끄덕였다.

"알고 있습니다. 설령 그것으로 바티칸을 적대하게 되더라도 상관없습니다."

"……정말 그럴 각오가 너희들에게 있어?"

"공주님! 부탁드립니다. 단 한 마디면 됩니다── 모리시타 다이키를 도우라는…… 그 명령을!"

그때 아베노 카구야가 나에게 물었다.

"성기사의 임무는 도미니온즈의 호위, 아니…… 자동회복능력에 사용하는 너의 마력이 고갈됐을 때를 대비한 예비 마력이 주목적. 즉…… 그녀들은 너의 MP 건전지라는 뜻이지?"

"맞아."

"그래…… 그런 거구나."

나의 말에 아베노 카구야가 생각에 잠겼다.

"하지만…… 세라피나? 정말 그래도 되겠어?"

"그것이 공주님의 바람이지 않습니까? 그렇다면 저희는 공주님이 원하시는 대로. 그것이 저희의 뜻입니다!"

"마력을 양도하는 방법은 에너지 터치…… 즉, 대상을 건드려야 해. 내가 명령을 내리면…… 지금 이 자리에서 죽으라는 말과 똑같다고? 저 빛의 뱀을 뚫고 모리시타 다이키에게 다가가야 하니까."

"저희 목숨은 9년 전 공주님이 구해주셨을 때 이미 버린 것……아니, 그날, 그때, 그 장소에서 공주님께 바쳤습니다."

웃고 있는 그녀들을 향해 나는 고개를 끄덕였다. 다시 나의 눈에서 눈물이 흘러나왔다.

"하하. 너희들…… 정말 최고의 가디언즈야."

눈가에 고인 눈물을 새끼손가락으로 닦으며 나는 미소를 지었다.

"고마워. 응…… 정말 고마워."

나는 자리에서 일어났다.

솔직히 다리에 힘이 안 들어가 덜덜 떨릴 정도였지만, 지휘관으로서 최선을 다해 강한 표정을 지었다.

그리고 그녀들을 똑바로 응시했다.

"공주님의 최종 결정을 말씀해주십시오. 공주님이 정한 공주님의 법리에 따른 결정사항을 저희에게—— 말씀해주십시오."

나는 왼손을 허리에 대고, 오른손으로 모리시타 다이키가 있는 쪽을 척 가리켰다.

"너희는 모든 것을 다해 모리시타 다이키를 원호해! 모리시타 다이키는 마력이 고갈되었어! 린포드가 쓰는 파라오의 뱀을 뚫고 너희 다섯 명 전원이 가진 모든 마력을 양도해! 단, 임무가 끝난 뒤 단 한 사람도 빠짐없이 돌아올 것! 이것은── 내가 정한 나의 법리에 따른 결정사항이야!"

나의 말에 고개를 끄덕이며 세라피나가 외쳤다.

"가디언즈 전원에게 전한다! 우리의 주군은 오직 한 사람! 주군, 레이라 사카구치에게 충성을 다하라! 목숨을 아끼지 마라! 다만 모두── 죽어도 죽지 마라! 공주님의 명령을 충실하게 지켜라!"

──오오! 구령을 외치며 전원이 바이크에 올라 액셀을 걸었다.

그때 아베노 카구야가 눈을 감았다.

"왜 그래, 아베노 카구야?"

"조용히 해! 지금 생각하느라 바쁘니까!"

그러고는 아베노 카구야가 고개를 끄덕였다.

"모든 조각이 모였어. 이제 이길 수 있어. 다만, 모든 일이 제대로 이어져야겠지만. 하나라도 잘못되면 거기서 모두 끝이야── 얇은 빙판 위에서 전력 질주를 하는 듯한…… 그런 위험한 릴레이야."

그렇게 말하며 아베노 카구야가 나에게 눈짓을 보냈다.

"네가 해야 할 일은 알고 있지? 레이라 사카구치?"

대체 왜 이 녀석과 호흡이 척척 맞을까. 눈을 보기만 해도 이 녀석이 나에게 시키려는 일을 알 수가 있다.

"나는 가디언즈가 모리시타에게 보내기 위해 앞장서겠어. 그리고 제대로 움직일 수 없는 너는──."

"그래, 내가 그에게…… 반드시 전하겠어."

아베노 카구야가 만족스러운 표정을 지었다.

"실수하지 마."

이어서 아베노 카구야가 모리시타 다이키에게 눈짓을 보냈다. 저쪽도 아베노 카구야의 의도를 이해했는지 작게 고개를 끄덕였다.

곧 아베노 카구야는 세라피나가 모는 바이크의 뒷자리에 올라탔다.

"아베노 카구야…… 네 이놈…… 무슨 속셈이냐?"

"됐으니까, 빨리 가!"

요란한 엔진 소리와 함께 모리시타 다이키를 향해 여섯 명이 한꺼번에 돌격했다.

"용사조차 기본 스테이터스로는 대처할 수 없는데…… 잔챙이들이── 열 마리의 뱀을 뚫겠다고?!"

"대폭술: 메기도! 화염술: 극옥염! 그리고 전술: 잠토룡!"

아베노 카구야가 품에서 부적을 몽땅 꺼내 앞으로 내던졌다. 아니, 정확하게 말하면 주위 바닥을 향해 던졌다.

직후 대폭발과 함께 일대가 불꽃과 연기, 흙먼지로 휩싸였다. 그러자 연기 너머에서 린포드의 목소리가 들려왔다.

"연막? 하하, 그것이 당신들의 책략입니까? 공교롭게도 파라오의 뱀은 시각뿐만이 아닌 소리에도 반응합니다. 다소 명중률은 떨어지지만, 그런 요란한 바이크를 몰고 있는 이상 피할 방법은 없다고요?"

열 마리의 뱀이 연기 속을 뚫고 나아가더니, 연막 속에서 다섯 번의 폭발음이 들렸다. 바이크의 파편이 튀며 휘발유가 타는 냄새가 주위로 퍼졌다.

"명중했군요. 이것으로 끝입니다."

린포드의 커다란 웃음소리와 함께, 강한 바람이 불어 연기가 걷혀 나갔다.

그리고 동시에 나의 표정도 저절로 풀어졌다. 그의 말대로 바이크는 파괴됐다. 하지만······.

"그래, 이것으로 끝이야── 바로 네가!"

──모두 자신의 다리로 뛰고 있었다.

즉, 아베노 카구야를 포함한 여섯 명 전원이 연막을 친 순간 바이크에서 뛰어내린 것이다.

바이크를 미끼로 삼은 작전. 애초에 가디언즈의 실력이면 맨다리로도 시속 100km 가까이 낼 수 있고, 50m 남짓을 가는데 바이크를 탈 이유도 없었다.

그나저나······.

"하하, 하하하! 난 도저히 이런 발상을 할 수가 없어! 어떻게 해야 그 짧은 순간에 여기까지 전략을 세우는 거야?!"

그러는 와중에 가디언즈가 모리시타 다이키에게 다가가 손으로 차례차례 그를 건드렸다.

"아까 신사에서는 의지가 어쩌고저쩌고 잘도 떠들어댔겠다? 우리가 받은 굴욕을 백 배로 되돌려주마! 받아라! 모리시타 다이키! 이것이 우리의 의지…… 공주님의 가디언즈의── 긍지다아아아아아아아아아!"

푸르스름한 빛이 모리시타 다이키를 감싸고── 포효 소리가 들렸다.

"MP 충전 완료! 모든 전투 스킬── 전 해방!"

사이드: 모리시타 다이키

빛의 뱀 열 마리가 이쪽으로 돌격해왔다.

그러나 스킬을 발동한 나에게는 산들바람에 불과했다. 더구나 자신 있게 전 해방이라고 해버렸지만, 사실 전투할 때 항상 쓰는 스킬을 발동시켰을 뿐이다.

공격한 순간 발동하는 스킬은 MP를 너무 많이 먹고, 무엇보다도 평소에 쓰고 있어 봐야 의미가 없다.

엑스칼리버는 아까 숲속으로 날아갔으므로 지금은 빈손이다. 그러나 뱀을 상대하는 데 무기는 필요 없다.

"이영차."

모든 뱀을 맨손으로 쳐낸 나는 아베노 선배에게 말을 걸었다.

"고맙습니다. 덕분에 궁지에서 벗어날 수 있었네요."

나의 인사에 아베노 선배가 떨떠름한 표정을 지었다.

"마력 양도 술식은 손실량이 많아. 게다가 성기사는 전사계열이라 본래 MP도 낮고, 레벨도 너와는 천지 차이지."

나도 허탈하게 하하 웃었다.

"그런 것 같네요. MP가 200 정도밖에 안 찼거든요. '토르 해머'는 쓸 수 없고, 지금 사용 중인 스킬들도 오래 가진 못할 겁니다."

"즉 엑스칼리버가 없으면 시간 제안 안에 저 금발 미남을 쓰러뜨리지 못한다는 거네?"

"뭐든지 다 아시는군요. 무기가 없는 것이 제일 문제입니다. 반사 스킬은 무력화했지만, 녀석의 방어 술식이 죄다 살아 있으니까요. 게다가 스킬을 사용 중일 때 공격하면 그것만으로도 MP를 소모합니다. 주먹으로 때려도 50번이 한계예요. 그래서는 아마 녀석을 쓰러뜨리지 못할 겁니다."

그때 아베노 선배가 긴 머리를 오른손으로 휙 쓸어 넘겼다.

"무기라면 있어."

"알고 있습니다. 그런데 왜 바로 건네지 않은 겁니까?"

아까 눈짓과 그 뒤에 다른 사람들의 움직임으로 대략적인 전황은 파악했지만, 나는 일부러 아베노 선배에게 그렇게 물었다.

"저놈이 경계할 테니까. 놈은 네가 맨몸이라 생각하고 방심하고 있을 거야. 시간을 들여 무기의 특성에 특화된 방어 술식을 짜면 성가셔지잖아."

"네, 그렇겠지요. 그런데 정말 뱀을 뚫고?"

"그것을 위해 내가 여기까지 온 거야. 반드시 너에게 무기를 전해주겠어. 모리시타, 마지막으로 확인할게?"

"뭔가요?"

"뇌신의 힘은 토르 해머만이 아니지? 그걸 전제로 나는 이번 전략을 세웠는데."

"있죠. 오히려 그것밖에 승산이 없을 겁니다. 아, 참…… 선배?"

"왜?"

"정말 전술이 능숙하시네요. 저 혼자만 있었다면 아까 끝났을 겁니다. 감사합니다."

그러자 아베노 선배가 미소를 지으며 대답했다.

"──그런 말은 녀석을 제대로 쓰러뜨린 뒤에 해."

"그럼 시작해볼까요."

"그래, 이게 진짜 마지막 공격이야."

사이드: 레이라 사카구치

모리시타 다이키가 뱀을 쓰러뜨리며 린포드를 향해 음속보다 빠르게 달려갔다.

나는 휘청거리는 다리를 두드리며 내장의 상태를 확인했다.

──역시 좋지 않다. 보통 사람이라면 중환자실에 입원해야 할 상태다.

앞으로 몇 시간이 지나면 걸어 다닐 만큼 회복하겠지만…….

"엑스칼리버 없이 맨손으로는 저를 쓰러뜨릴 수 없습니다! MP 회복은 기껏해야 3백 정도! 아슬아슬한 상황인 것은 변함없습니다! 지금만 버티면 제 승리입니다!"

모리시타 다이키의 격렬한 연타를 맞으며 엉망이 된 린포드가 의기양양한 얼굴로 외쳤다.

"그래, 네 말이 맞아! 하지만 무기라면 저기 있어! 사카구치!"

"알고 있어!"

나는 롱기누스를 들고 몸을 비틀어 투척할 자세를 취했다.

"롱기누스……?! 그런가! 그런 것이었나! 이런……! 이러면 위험해! 뱀이여! 날아오는 롱기누스를── 공중에서 요격하여 떨어뜨려라!"

빛의 뱀 열 마리가 이쪽을 향해 맹렬한 속도로 날아왔다.

롱기누스는 성유물, 그리고 엑스칼리버도 역시 성유물.

솔직히 나의 힘으로는 롱기누스가 사용자에게 요구하는 스테이터스를 채울 수 없기에 원래 성능의 3할도 내지 못하고 있었다.

그러나 용사로서 인류 최강의 스테이터스를 지닌 모리시타 다이키라면 이야기가 다르다.

"오버 드라이브! 제4계위: 주천사 도미니온즈에서 제3계위: 좌천사 오파님으로 기어 체인지!"

이것이 지금 내가 낼 수 있는 최대한의 힘. 어중간한 속도로는 뱀과 공중에서 부딪혀 떨어질 가능성이 있다. 그렇기에 이번 한 번만 무리하기로 했다.

한계를 넘은 영압을 휘감자 (몸이 멀쩡할 때도 힘든데) 근조직이 비명을 질렀다.

그리고…… 투척을 위해 무리하게 몸을 비트는 바람에 내장이 압박되어 폐에서 피가 왈칵 쏟아졌다.

──강하고 다정한 용사님.

지금도 변함없이 그 사람을 동경하니까, 그러니까 나의 몸아…… 부탁이니 내 말을 들어줘!

내장이 압박되고, 격통이 온몸에 퍼지고, 이제 뭐가 뭔지도 모르겠다. 하지만…… 나는 꺾이지 않는다. 포기하지 않는다.

──강하고 다정한 용사님.

그 사람을 두 번 다시 잃고 싶지 않으니까, 더는 헤어지고 싶지 않으니까…… 그러니 부탁이야──.

──나의 롱기누스여── 그 사람에게── 꼭 날아가 줘!

그렇게 나는── 이세계에서 그때 저 녀석에게 엑스트라 포션을 전해주었을 때와 마찬가지로── 피를 토하며 롱기누스 창을 모리시타 다이키에게 던졌다.

"반드시 여기서 끝장을 내! 잘 받아! 모리시타 다이키이이이이이!"

사이드: 모리시타 다이키

"뱀이여! 떨어뜨려라!"

일직선으로 나를 향해 날아오는 롱기누스 창으로 열 마리 뱀이 쇄도했다. 그때 옆에서 부적이 날아들었다.

"그냥 놔둘 줄 알았어? 대폭술── 메기도!"

강력한 빛과 가슴속까지 울리는 묵직한 폭발음. 뱀들의 중심에서 메기도의 불꽃이 작렬했다. 열 마리 뱀 중 아홉 마리가 폭발에 휘말려 사라졌다.

남은 한 마리 뱀이 롱기누스로 향하여── 뱀의 머리가 롱기누스에 도달하기 직전에 내가 먼저 창을 쥐었다.

"사카구치, 잘 받았어!"

"제길?!"

당황하는 린포드에게 아베노 선배가 냉정한 얼굴로 말했다.

"이만큼 몇 번이나 보여주면 싫어도 특징을 알게 되지. 우리를 제압할만한 공격력을 가지고 있더라도 내구력이 매우 낮아. 나라도 대처할 수 있을 만큼."

"그렇다면 왜 처음부터 이러지 않았지? 연막 따위를 쓸 필요가 있었나?!"

아베노 선배가 싱긋 웃으며 손가락 욕을 했다.

"두 번이나 뱀의 결계를 지나가야 했잖아? 나는 처음부터 이쪽이 할 수 있는 일을 모두 밝히는 명청이가 아니란 거야."

"젠장…… 젠자아아아아아아앙! 이렇게 되면…… 마지막 뱀이여! 지금 당장 레이라 사카구치를 공격해!"

남은 뱀 한 마리가 사카구치에게 향했고, 그리고——.

"신기: 주천사 도미니온께 바치는 생크추어리(신성 결계)! 바티칸의 금지된 기술…… 마력 대신 목숨을 깎아 만드는 방어 결계다! 웬만해서는 깨지지 않아!"

사카구치의 눈앞에 다섯 명이 가로막고 뱀을 향해 빛의 마법진을 그렸다. 그녀들의 실력으로 펼친 거라고는 믿기 어려울 만큼 튼튼한 술식이었다. 과연, 가디언즈라는 이름은 장식이 아니었나.

뱀이 방어 결계에 머리를 부딪쳤으나 결계를 빠져나가지 못하고 둔탁한 소리를 내며 소멸했다.

"젠장, 젠장, 젠자아아아아아앙!"

분한 듯 절규하는 린포드를 향해 나는 롱기누스를 들고 자세를 취했다.

"여러 가지가 있었지만—— 아무래도 여기서 막을 내려야겠는데? 공격 스킬 발동!"

[스킬: 용사의 일격이 발동되었습니다.]

[스킬: 용투기가 발동되었습니다.]

[스킬: 힘 모으기가 발동되었습니다.]

[스킬: 고무가 발동되었습니다.]

[스킬: 육절골참(肉切骨斬)이 발동되었습니다.]

나는 린포드의 심장을 노리고 롱기누스를 내질렀다.

"커흑?!"

린포드가 몸을 비틀어 창을 피하는 바람에 롱기누스는 심장이 아닌 오른쪽 어깨를 꿰뚫었다.

"으악, 이놈, 엄청 단단하잖아!"

그야말로 간신히 꿰뚫었다는 느낌이었다. 방어 스킬을 엄청나게 사용한 모양이다

아깝고 스킬을 하나라도 덜 썼으면 큰일 날 뻔했다.

나는 롱기누스를 놓고 백 스텝으로 린포드로부터 거리를 벌렸다. 그와 동시에 린포드가 기쁜 표정을 지었다.

"물러섰다……? 아니, 마무리를 짓지 못한 건가?! 아무래도 이번 공격 스킬로 당신의 MP가 떨어진 것 같군요? 하하! 하하하! 다치긴 했지만, MP가 떨어진 용사와 오합지졸 따위—— 이것으로 제 승리가 확실해졌습니다! 하하하! 하하하하하!"

"아니, 끝났어."

"…………?"

이미 나의 마력 연성은 끝났다. 애초에 '토르 해머'와 비교하면 매우 원시적인 마법이다. 이 정도 위력의 마법은 애초에 마력을 끌어모을 필요도 없다. 그래서 이 마법으로 끝내기 위해서 이런 준비가 필요했던 거긴 하지만.

나는 머리 위로 오른손을 들었다.

"용사의 속성 마법은—— 번개야."

"알고 있습니다. 그리고 당신의 남은 MP로는 용사의 절대 파

괴 마법인 '토르 해머'는 쓸 수 없습니다."

"그래, '토르 해머'는 쓰지 못해. 하지만 그렇기에 사카구치가, 아베노 선배가, 가디언즈가…… 여기까지 준비해준 거다."

나는 주위에 흩어져 있는 일곱 사람에게 각각 시선을 보냈다.

승리를 위한 릴레이. 누구 한 명이 없어도 이런 결말은 불가능했다. 누군가 실패해도 이렇게 막을 내릴 수는 없었다.

나는 린포드를 노려보았다.

"알고 있어? 번개는 금속이랑 아주 친하거든. 너한테 그냥 번개를 맞춰 봤자 별 소용없겠지만, 피뢰침을 타고 몸 안으로 흘러 들어가면…… 어떻게 될까?"

그제야 린포드가 경악한 표정을 지었다.

"설마…… 설마……."

여기서 마무리하지 못하면 정말 모든 것이 끝이다.

따라서 내가 지금 쓸 수 있는…… 온갖 기술을 이 일격에 담겠다!

[스킬: 용사의 일격이 발동되었습니다.]

[스킬: 성투기가 발동되었습니다.]

[스킬: 용투기가 발동되었습니다.]

[스킬: 마전사의 마지막 일격이 발동되었습니다.]

[스킬: 용사의 일격이 중첩 발동되었습니다.]

[스킬: 공전절후가 발동되었습니다.]

[스킬: 패자의 일격이 발동되었습니다.]

[스킬: 핵열속성 부여가 발동되었습니다.]

[스킬: 절대파괴가 발동되었습니다.]

[스킬: 마법결계무효가 발동되었습니다.]

[스킬: 얼티메이트 포스가 발동되었습니다.]

스킬 발동을 확인한 뒤, 나는 머리 위로 든 오른손을 린포드에게 향하여 마법의 방아쇠를 당겼다.

"이것으로 끝이다!"

그리고 하늘에서 롱기누스 창으로——— 거대한 벼락이 떨어졌다.

"날뛰어라, 뇌신이여! '토르 선더(뇌신격)'!"

멍하니 있던 린포드의 얼굴에 확연히 공포가 뒤섞이기 시작했다.

"젠장, 젠장, 젠장…… 이놈드으으으으으으으으으으으으을!"

린포드가 절규함과 동시에 귀청을 찢을 듯한 천둥소리와 모든 것을 집어삼키는 푸르스름한 빛이 주위를 감쌌다.

이세계의 어떤 용사와 소녀 그 후

"한 그릇 더!" "한 그릇 더!" "한 그릇 더!" "한 그릇 더!" "한 그릇 더!" "한 그릇 더!" "한 그릇 더!"

나 이외의 전원이 엄마에게 밥그릇을 내밀었다.

결국, 린포드는 검은 숯이 되어서…… 이세계에서 돌아왔다느니 하는 일은 흐지부지되고 말았다. 사카구치가 말하기를 그 후의 일은 며칠에 걸쳐 생각해 보고 바티칸에 잘 보고할 예정이라고 한다.

그 뒤로 하코네에서 하룻밤을 묵고 낮이 지나 여관을 나섰다.

전철을 타고 신주쿠로 향한 뒤, 거기서 요코하마역에 도착해 엄마에게 연락하여…… 우리 집에서 다 같이 저녁밥을 먹게 되었다.

메뉴는 닭튀김, 돼지고기 생강구이, 로스트비프였다. 참고로 로스트비프 소스는 입맛을 돋우도록 마늘과 생강을 잔뜩 넣은 폰즈(ポン酢: 감귤류의 과즙을 이용한 조미료)로 만든 일본식 소스였다.

"어떻게 된 일이야, 모리시타?!"

"무슨 문제라도 있습니까, 선배?"

"저번 요리와 전혀 다르잖아! 웬만한 요리사가 만드는 요리보다 훨씬 맛있는데?"

뭐, 우리 엄마는 요리를 잘하니까. 대신 이번에는 전혀 공을 들이지 않았지만, 일반인의 관점으로 보면 지극히 멀쩡하게 만들어졌다. 엄마가 공을 들인 요리를 아는 나는 간도 덜된 것 같고, 산미도 없어서 너무 싱겁게 느껴졌지만. 그래도 다들 굉장히 마음에 든 것 같다.

아니, 맛있기는 하다. 나도 식당에서 이런 걸 먹었다면 칭찬했을 거다. 다만 엄마의 진정한 요리를 알고 있기에…… 역시 부족한 느낌이 들었다.

"와, 다들 잘 먹네요! 자, 여기 밥 더 있어요."

각자의 눈앞에 산처럼 담은 밥그릇이 놓였다.

"닭 · 튀 · 김…… 이 얼마나 훌륭한가. 과연, 이것이 소문난 재패니즈 닭튀김인가…… 프라이드치킨보다…… 훨씬 맛있어…… 이것은 기적이야…… 신의 기적이야……."

세라피나 씨의 거창한 표현에 나는 쓴웃음을 지었다. 엄마가 만들었기에 맛있는 것뿐이다.

"세라피나?! 이 돼지고기 생강구이도 대단해! 이렇게 밥그릇에 소스와 함께 부어서…… 덮밥으로 만들면…… 아아, 맛있어! 자꾸 들어가!"

미인만 모인 여자 군단이 맹렬한 속도로 밥을 닥닥닥 긁어먹었다.

"한 그릇 더!" "한 그릇 더!" "한 그릇 더!" "한 그릇 더!" "한 그릇 더!" "한 그릇 더!"

다시 모두가 밥을 다 먹고 엄마에게 또 달라고 졸랐다.

"아앗! 밥솥의 밥이 떨어졌어요."

그 말에 모두가 침통한 표정을 지었다.

"이렇게 맛있는 요리인데…… 밥이…… 없다고?"

"너무 상심하지 마, 가디언즈! 누가 도시락 가게라도 가서 밥을 사와!"

그때 엄마가 주먹으로 가슴을 탁 두드렸다.

"이럴 줄 알고 냄비에도 밥을 다섯 홉 지어놨다고요!"

그 말에 모두의 표정이 꽃이 핀 듯이 활짝 밝아졌다.

"그럼 한 그릇 더 줘!"

"모리시타 어머님! 이 은혜는 반드시…… 저도 추가를!"

엄마가 거실에서 부엌으로 향하는 순간 사건이 일어났다.

어느새인가 부엌 가스레인지 앞에 아베노 선배가 서 있었다. 엄마가 입을 뻐끔거리며 아베노 선배를 가리켰다. 자세히 보니 아베노 선배가 밥이든 냄비 안에 로스트비프를 대량으로 쏟아붓고 있었다. 그리고는 소스를 잔뜩 뿌리더니 냄비를 한 손으로 들고 밥을 쓸어 담듯이 젓가락을 움직여 허겁지겁 먹기 시작했다.

사카구치가 경악했다.

"저…… 저 여자…… 냄비째로 먹고 있잖아————?!"

그러자 아베노 선배가 태연한 얼굴로 오른손으로 긴 머리를 쓸어 넘기며 말했다.

"————이 밥은 내 거야. 나만 먹을 거라고. 이 인원수, 이 속도에 다섯 홉이 가당키나 해?"

어이! 식탐이 너무 강하잖아?! 그보다 선배, 엄격한 집안에서 자란 거 아니었어?!

모두가 벌어진 입이 다물어지지 않는 듯 아연실색한 얼굴로 아베노 선배를 바라보았다.

맹렬한 기세로 다섯 홉이나 지은 밥을 먹어치운 아베노 선배가 작게 끄윽 트림했다.

"선배, 로스트비프를 그렇게 좋아했어요?"

"딱히? 이 중에서 굳이 고르자면 닭튀김을 제일 좋아하는데?"

"그럼 왜 로스트비프로 그런 짓을⋯⋯."

아베노 선배가 한심하다는 듯 살짝 한숨을 내쉬었다.

"닭고기와 돼지고기, 그리고 소고기잖아? 게다가 이건 공짜 밥이고?"

"그게 무슨 상관인데요? 좋아하는 반찬이랑 먹으면 되잖아요?"

"뭘 모르는구나, 모리시타. 이 중에서 말이지──."

아베노 선배가 입을 다물었다.

그리고 크게 크게 숨을 들이마시고는 이렇게 말했다.

"──소고기가 제일 비싸잖아."

진짜 너무하네! 욕심을 부리는 데에도 정도가 있지! 정말 부잣집에서 자란 거 맞냐?! 아니, 지금도 통장에 몇억 엔이나 있잖아?!

내가 질겁하는 모습을 힐끗 보며, 아베노 선배는 자신의 자리로 돌아가 손목시계를 확인했다.

"슬슬 돌아갈게. 내일은 학교도 가야 하니까⋯⋯."

시계를 보자 벌써 밤 9시가 지나 있었다.

"아, 벌써 이런 시간인가요."

"그리고 모리시타?"

진지한 표정으로 아베노 선배가 나에게 귓속말을 했다.

"사실 난 아리엘 이야기를 들어서 사정을 알고 있었어. 솔직히 너에게 전해야 할지 고민했는데…… 어찌어찌 잘 마무리되긴 했지만 결국 싸움이 발생했으니까 조금 미안한 마음이 있어. 그러니 무슨 일이 있더라도 오늘만은 눈감아줄게."

"네? 그게 무슨 말이에요?"

"잘 먹었습니다. 그럼 전 이만 돌아가겠습니다."

나의 말에는 대답하지 않고 엄마에게 인사하더니, 아베노 선배는 골프백을 메고 그대로 현관으로 향했다.

──그리고.

밤 10시가 지날 즈음 세라피나 씨 등도 먼저 옆집으로 돌아갔다. 엄마는 부엌에서 설거지하느라 거실에 남아 있는 건 나와 사카구치뿐이었다.

"넌 안 가?"

사카구치가 불쾌한 표정으로 나를 노려보았다.

"내가 있으면 불편하다는 말이 하고 싶은 거야?"

"아니, 그런 건 아니지만……."

"…………."

"…………."

"뭐, 가디언즈는 내가 먼저 보냈지만."

"······어?"

"너, 아리엘을 기억해 냈지?"

"······응."

"············."

"············."

잠시 침묵이 이어졌으나, 곧 사카구치가 마음을 굳힌 듯 작게 고개를 끄덕였다.

"저기, 중요한 이야기가 있으니 잠시 밖으로 나가지 않을래?"

어차피 밖에서 말한다면······ 하고 나는 사카구치를 집에서 조금 떨어진 언덕까지 데려갔다.

이곳은 부자들이 사는 경치가 좋은 곳에 조성된 공원으로, 커다란 나무가 한 그루 서 있다. 우리는 나무 위를 올라가 두꺼운 가지에 걸터앉아 아래를 내려다보았다.

올려다보아도, 내려다보아도 빛의 향연. 즉, 하늘에는 끝없이 펼쳐진 별바다, 그리고 아래로는 사람이 만들어낸── 전등이라는 이름의 별바다가 깔려 있다.

여러모로 분위기가 좋은 곳이다.

"아름답지? 어릴 때부터 내가 좋아하는 장소야."

"············."

"이세계에 있을 때, 네가······ 밤하늘이 아름답다고 했잖아. 인간은 더럽고, 아름다운 건 자연뿐이라고······."

"그런 일도 있었을지도."

"그래서 이곳을 보여주고 싶었어."

"…………."

나는 사카구치의 어깨에 손을 툭 올렸다.

"인간이 만든 경치도 아름다워. 너는 인간의 더러운 면밖에 보지 않았기에 그걸 전하고 싶었어. 그때는 그것을 전하지 못했으니까."

그러자 사카구치가 어이가 없다는 듯 한숨을 쉬었다.

"바보 아냐?"

"……응?"

"너 같은 게 가르쳐주지 않아도 그런 건 이미 알고 있어. 이런 따분한 광경을 보여주면서, 진짜 바보 아냐?"

거부하는 듯한 말투에 나는 약간 화가 치밀었다.

"너 말이야, 말투가 그게 뭐야? 여긴 내가 좋아하는 장소라고?"

"네가…… 공주님이, 그리고 아나스타시아 씨가 가르쳐줬잖아. 나에게 분명 가르쳐줬잖아. 인간이 모두 그렇지는 않다고. 이런 경치보다도…… 그때 너희와 보낸 시간이 몇억 배나 더 설득력이 있었어."

"…………."

"그리고 나는 가디언즈와 만났어. 너희 덕분에 만난 사람들을…… 세라피나를 비롯한 그들을 믿을 수 있었어. 덕분에 너 따위가 걱정하지 않아도 나는 무척 행복해."

"그래, 그럼 다행이야."

정말 다행이다. 무슨 말인지도 알겠고, 그렇게 생각해준다면 정말 기쁘다.

다만 이런 말투는 조금 거슬린다. 나는 삐친 척을 했다.

"아무리 그래도…… 내가 좋아하는 장소를 따분하다고 말하다니 좀 상처받는데."

"……앗."

사카구치가 놀란 듯 눈을 크게 뜨는 것을 보며 나는 한숨을 내쉬었다.

"그렇게 여기 경치가 별로인가. 난 어릴 때 감동했는데……."

"……응?"

다시 나는 깊은 한숨을 내쉬며 어두운 표정을 지었다. 그러자 사카구치가 눈을 내리깔았다.

"아……."

그리고는 작은 목소리로 무언가를 중얼거리더니 생각에 잠겼다.

"음……."

아니, 나의 반응을 보고 어떻게 하면 좋을지 몰라 고민되는 모양이다. 곧 사카구치가 마음을 굳힌 듯 고개를 끄덕였다.

"저기…… 고마워."

"응?"

"이세계에서 그때 살아갈 희망도, 기력도 없이 밑바닥까지 떨어져 있던 나를 구해줘서 정말 고마워."

"……응."

"그, 그, 그리고 있잖아?"

"응?"

잠시 안절부절못하며 눈을 이리저리 돌리던 사카구치가 말했다.

"그건 그렇고 이 경치는 정말 예뻐. 게, 게다가…… 네, 네, 네가…… 나, 나…… 나를 위해 네가 좋아하는 곳을 보여준 게…… 나, 나는…… 다, 단지, 그, 그것만으로도……."

"…………."

"……기, 기, 깃…… 기쁘니까."

그 모습에 나는 웃음을 터뜨렸다.

"하하, 사카구치는 정말 솔직하지 못하구나. 일단 불평부터 하지 않으면 솔직하게 감사도 못 하는 거야."

"언제까지 사카구치라고 부를 거야. 기억도 났는데 이상하지 않아?"

"뭐, 그것도 그런가."

"레이라라고 해. 아무튼, 다시 본론으로 돌아가면…… 참, 너 말이야?"

레이라가 샐쭉하게 볼을 부풀렸다.

"솔직하지 않다니…… 귀엽지 않다고 말하고 싶은 거야?"

"아니, 그런 면은 싫지 않아. 가끔은 귀엽다고 느낄 때도 있다고."

"앗, 귀엽다니…… 무, 무, 무, 무슨 말이야? 바, 바, 바…… 바보 아니야?!"

레이라가 볼을 붉혔다.

"뭐, 레이라는 그런 모습이 딱 좋지 않아?"

"응, 나도 이게 좋아. 그야 천재 미소녀니까. 그래도 말이야? 넌 그러면 안 되잖아?"

"무슨 뜻이야?"

"일본으로 돌아와 멍청해졌고, MP 고갈을 일으킬 만큼 얼빠지고, 변태 같고, 아베노 카구야에게 껌뻑 죽고, 나는 잊어버렸고, 알아채지도 못하고."

"……모두 사실이라 대꾸할 말이 없네."

"게다가 성적도 중간보다 떨어지고, 옷 입는 센스도 없고, 또 나는 잊어버렸고, 알아채지도 못하고."

"…………."

"게다가 아베노 카구야뿐만이 아니라, 반장에게도 찝쩍거리고, 글래머인 여자만 보면 반드시 가슴을 쳐다보고, 또 나를 잊어버렸고, 알아채지도 못하고."

어지간히…… 알아채지 못한 일이 원망스러운 모양이다. 아니, 뭐, 대체로 사실이니 대꾸할 말이 전혀 없다.

"심지어 나의 마음은 요만큼도 눈치채지 못하고, 진짜 진짜 나쁜 놈이야!"

그 말에 나는 레이라에게 물었다.

"……나의 마음을 눈치채지 못하다니?"

레이라가 후우 깊은 한숨을 내쉬었다.

"전부 말하지 않으면 안 된단 말이야?! 너 대체 얼마나 둔감한 거야! 성적이 나쁜 네가 싫어! 옷을 못 입는 네가 싫어! 다른 여자를 엉큼한 눈으로 보는 네가 정말 싫어! 아베노 카구야와 친하게 지내는 네가 싫어! 나를 잊어버렸던 네가 진짜 진짜 너무 싫어!"

그리고 레이라는 크게 크게 숨을 들이마셨다.

"싫어! 싫어! 싫어! 싫어! 싫어! 싫어! 싫어! 싫어! 너무 싫어! 하지만 다정한 넌 싫지 않아! 사람이 좋은 면은 싫지 않아! 정말 최악이야! 넌 왜 그러는 거야! 어째서…… 어째서 그런 거야! 너 같은 건…… 너 같은 건──."

"너 같은 건…… 뭐?"

"너 같은 건…… 조, 조, 좋아…… 좋아앗, 앗, 앗…… 아…….."

"응?"

나의 질문에 레이라는 어두운 곳에서도 알 만큼 볼을 붉히고 고개를 세차게 가로저었다.

"안 돼! 역시 말할 수 없어! 이, 이, 있잖아? 지금부터 잠시만…… 아리엘로서…… 너에게…… 말할 테니까…… 그러면 조금은 솔직해질 것 같으니까! 그러니까…… 지금부터 내가 하는 말은 절대 레이라 사카구치로서 하는 말이라고 생각하지 마!"

"……무슨 소리야?"

"있잖아, 그때…… 이세계에서 헤어질 때 일 기억나?"

아니…… 진짜 어떻게 된 일이지? 일단은 솔직하게 대답해 둘까.

"그래, 기억해."

"그때 신부로 맞이해준다고 말했지?"

"그건……."

"알아. 그건 헤어질 때 한 착한 거짓말이었다는 거. 그러니 그건 됐어. 하지만 나는── 잊을 수가 없어서 정말 서운했고, 무척 괴로웠어. 진짜, 진짜 힘들었다고?"

레이라가 솔직하게 약한 소리를 하고 있다고……? 아니, 아닌가. 이것이 거짓 없는 그녀의 솔직한 본심일 것이다.

그녀는 지금까지 가디언즈를 이끌고 지휘관으로서 강해지지 않으면 안 되었다. 지금까지 누구에게도 약한 소리를 낼 수가 없었다.

그리고 강하게 굴지 않는 자신의 모습에도 여러모로 거부감이 있었을 것이다. 그래서 아리엘로서 말해 자신을 속인…… 아니, 변명한 거겠지.

──정말 솔직하지 못하다니까, 이 녀석도.

하지만 울 것 같은 얼굴로 솔직한 마음을 전하고, 잘게 떨며 울먹이는 연약한 모습은 지극히 평범한, 본래 존재해야 할 열여섯 살 소녀의 모습으로 보였다.

"빨리 알아채지 못해서…… 미안해."

머리에 손을 올리고 살며시 쓰다듬었다.

"……응."

"정말 미안해."

"……응."

나는 시계를 확인했다. 슬슬 열한 시…… 시간상으로도 이제 가야 할 때다.

"슬슬 나무에서 내려갈까."

나무에서 내려와 우리는 집으로 향했다. 그리고 십 분쯤이 걸어 우리 집 앞에 도착했다. 거기서 나는 레이라에게 말했다.

"그럼 오늘은 여기서 헤어지자. 안녕."

레이라가 고개를 좌우로 가로저었다.

"아니야."

"아니라고?"

"헤어질 때는 안녕이 아니라 '또 만나자'라고 하는 거잖아?"

그러고 보니 이세계에서 그때, 마지막으로 내가 그런 말을 이 녀석에게 해줬던가.

그렇구나. 그때의 말을 아직도 기억하고 있는 거구나. 무슨 까닭인지 나의 가슴에서 뜨거운 무언가가 흘러나왔다.

"그래. 아무튼, 이젠 정말 헤어질 시간이야. 그럼…… 학교에서 만나자."

그때 레이라가 두 팔을 벌리고 나를 힘껏 끌어안았다.

"앗……? 레이라?"

"이제 절대 떨어지지 않을 거야. 절대, 절대로…… 놓지 않을 거야."

아리엘인 자신이라는 것이…… 아직 이어지고 있는 모양이다. 말투도, 눈빛도…… 아까부터 평소의 날카로운 느낌은 사라지고 부드러운 느낌이니…… 뭐, 그건 그렇고.

"……그래, 이제 그때처럼 헤어지지 않을 테니 안심해."

더욱 강하게 꼭 끌어안으며 레이라가 나를 올려다보았다. 키가 작기에 딱 나의 가슴 언저리에서 올려다보는 꼴이 되었다.

"있잖아? 그때 무엇이든 소원을 들어준다고 했지?"

"……응."

나의 목덜미로 두 팔을 뻗으며 레이라가 발돋움을 하더니――.

갑작스러운 일이었다. 정말 갑자기…… 부드러운 입술의 감촉이 나의 입술로 전해졌다.

――첫 키스.

닿기만 한 가벼운 키스였지만, 아마 레이라도 나와 마찬가지로 처음일 터인, 서로에게 분명 소중한 경험일 것이다.

두근거리는 나에게 레이라가 장난스럽게 웃었다.

"신부로 맞이한다는 약속을 취소당했는걸! 거짓말했잖아! 그러니 이 정도쯤은 해도…… 절대 벌은 안 받을걸! 난 잘못한 거 없어!"

"아니, 너……."

레이라가 나에게서 떨어져 집으로 향했다.

"거기 기다려!"

그러자 그녀가 현관문 앞에서 돌아보았다.

"내일 보자!"

두 손을 흔들며 해바라기가 핀 듯이 활기차게 웃는 얼굴로 레이라가 인사했다.

"그때도, 지금도, 앞으로도! 정말 좋아해—— 오빠!"

"정말 좋아한다니, 너…….'

그보다 여기서…… 오빠라고 부르는 것은 반칙 아닌가.

그야말로 천사라고밖에 표현할 수 없는 그런 사랑스럽고 순수한 웃음을 지으며 손을 흔드는 소녀에게 나는 확실히 마음을 빼앗기며 그런 생각을 했다.

"후우, 너무 피곤하다."

입술에 남은 어렴풋한 열기를 느끼며 나는 거실의 테이블 앞에 앉았다.

"엄마, 우롱차 좀 줘."

"누가 마시고 남긴 건지 모르지만, 스스로 냉장고에서 꺼내든 가…… 아니면 테이블에 남았으니 마음대로 마셔요. 엄마는 정리하느라 바쁘다고요!"

"응, 바쁜데 미안해."

실제로 테이블 위에는 잔이 잔뜩 있었다. 마시다 만 것이라고 하니 거부감은 들었지만, 오늘 이 집에 왔던 사람들은 모두 대단한 미인이었다.

솔직히 누가 남긴 것이라도 괜찮다. 나는 가장 가까이에 있던 갈색 액체가 채워진 잔을 들고 입으로 옮겼다.

꿀꺽꿀꺽 모두 마신 뒤, 망했다! 하고 탄식했다.

──내가 집은 건 세라피나의 잔이었다. 참고로 그 사람은 우롱하이를 마시고 있었다. 즉, 술이었다.

"엄마…… 나 실수했어."

"왜 그러는데요?"

"이거…… 술……."

"저, 저, 정말인가요?!"

"응, 술이야. 너무 당황해서 일단 물을 들이켜고 싶어서…… 술인 줄 모르고 단숨에 마셔버렸어."

"다이키는 설날에 마시는 도소주(屠蘇酒)로도 바로 쓰러질 만큼 술이 약한 것도 모자라—— 술을 마시면 음란해지는데! 토해요! 지금 당장 토하는 거예요!"

엄마가 설명조로 외쳤으나…… 토하라고 해도 토할 수 있을 리가 없었다.

아아, 이거 큰일이네…… 하며 나는 그 자리에 풀썩 쓰러졌다. 천장이 빙글빙글 돌고, 몸이 둥실둥실 공중에 뜬 것 같은 착각에 사로잡혔다.

그리고 하반신에—— 뜨거운 불이 들어왔다.

부끄러운 이야기지만, 설날에 도소주를 마시고 육촌인 미키 누나의 가슴을 만져서 아빠에게 두들겨 맞은 적이 있다.

아니, 그냥 만진 정도가 아니다. 정말 집요하게 가슴을 주물러 대서 친척이 모두 기겁할 정도였다고 한다. 나는 전혀 기억나지 않지만…….

아무튼…… 나는 취하면 사람이 바뀌는 모양이다…… 그것도 성적인 쪽으로. 그나저나 하반신이…… 뜨겁다. 아니, 불타오르는 상태다. 어떻게 표현할 수 없는 답답함이 온몸으로 퍼져서……. 머릿속에 조금 전에 한 키스가 떠올랐다.

아, 이제 틀렸다. 도저히 참을 수가 없다. 나는 휘청휘청 일어나 현관으로 향했다.

"다이키, 물이에요! 아니, 어디로 가려는 거예요?!"

"아니…… 잠깐…… 아리엘에게."

"다이키! 기다려요! 안 돼! 안 돼! 가서는 안 된다고요!!!! 완전히 풀발기했잖아요?!"

엄마의 제지를 무시하고, 나는 신발을 신고 바로 옆집으로 향했다.

그리고 다음 날 아침.

짹짹거리는 참새 소리와 함께 나는 눈을 떴다.

머리가 지끈지끈 아팠다. 나는 숙취로 밀려오는 구토감을 참으며 일어났다.

잘못해서 술을 마신 것까지는 기억하지만…… 그 이후의 기억이 없었다.

"……우롱차…… 없으면…… 물이라도 좋아."

거실로 향하려던 나는 이변을 깨달았다.

무슨 일인지 나는 침대 위에 트렁크 팬티 하나만 입고 있었으며 어디선가 달콤한 향기가 감돌고 있었고, 방은 귀여운 인형이 놓인 소녀 취향으로 꾸며져 있었다. 나는 식은땀이 흐르기 시작했다.

"…………여기가 어디지?"

무슨 상황인가 하고 고개를 두리번거리던 나는 경악에 빠졌다.

침대 옆자리에 속이 훤히 비치는 네글리제를 입은—— 레이라가 잠들어 있었기 때문이다.

"헉, 아, 아니, 자, 잠깐, 이게 뭐야?!"

나의 목소리에 레이라가 눈을 떴다.

"나 참…… 고백한 지 한 시간도 안 돼서 덮치러 오다니…… 대체 무슨 생각인지 의심스럽네."

말은 그렇게 하면서도 싫지는 않은 듯…… 아니, 볼을 약간 붉히며 레이라가 미소를 지었다.

"하지만 같은 마음인 건 알겠어—— 정말 기뻐, 오빠."

수줍게 웃는 레이라와 완전히 굳어버린 나.

"…………."

"…………."

"……어?"

"아니, 그러니까 네가 한밤중에 내 방까지 밀고 들어왔잖아?"

세상에, 거짓말이지? 아무리 그래도 전개가 너무 빠르지 않아?

"그나저나 너…… 옷이 그게 뭐야? 속이 다 비치잖아?"

"응. 그런데?"

"속옷이—— 다 보인다고? 부끄럽지도 않아?"

"새삼스레 무슨 소리야. 같이 잤잖아."

이런! 큰일 났다! 당황하여 비명을 지를 뻔할 만큼 놀랐다.

그러다 나는—— 보면 안 될 것을 보고 말았다.

"주, 주…… 죽…… 죽을 거야……."

그곳에는 귀신같은 얼굴로 스파이더ㅇ처럼 창문에 들러붙은 아베노 선배가 있었다.

아베노 선배는 소태도로 작게 창문을 잘라내더니, 잠금을 풀고 방으로 들어왔다.

"안녕하세요, 카구야냥입니다."

"아베노…… 선배?"

"문자의 답장이 오지 않는 게 수상해서 와봤더니…… 분명 어제는 눈을 감아주겠다고 했지만, 정도가 있지 않아?"

"…………."

"변명할 거면 어서 해. 날 설득해봐."

"설득?"

"그래. 안 그러면 내가—— 너희 일족을 모두 죽이러 다닐지도 모르거든. 그러니 날 어서 설득해. 이 상황을—— 이해시켜봐."

아무래도 화가 머리끝까지 난 모양이다. 얼굴은 웃고 있지만, 눈은 전혀 웃고 있지 않다. 오히려 희번덕거리고 있다.

"아베노 선배! 이건 오해입니다!"

"갯지렁이?(오해와 발음이 같다) 아아, 환형동물문 다모강에 속한 동물의 일종? 단적으로 말하면—— 낚시 미끼지."

틀렸다. 대화가 성립되지 않는다.

소태도를 들고 환한 미소를 지은 아베노 선배가 천천히 이쪽으로 다가왔다. 너무 무섭다.

"아니, 오해라니까요! 저와 레이라는 그런 짓은 하지 않았을…… 터!"

내가 당황하여 침대 위에서 일어나자 이불이 침대 밑으로 떨어졌다.

그리고 침대 위의 시트에는—— 절대 아베노 선배에게 보여서는 안 되는 얼룩이 남아 있었다.

——바로 주먹 크기의 혈흔이었다.

나는 몇 번이고 입을 뻐끔뻐끔 여닫았다.

그리고 곧 이해했다. 여기에 오해 따윈 없었다는 것을. 기억은 없지만, 이건…… 동정과 처녀가 서툴게나마…… 해버린 흔적이라고…….

아베노 선배의 표정이 가면을 쓴 것처럼 변했다. 그녀가 무표정하게 입을 열었다.

"모리시타 다이키—— 염불이나 외워!"

후기

저자 시라이시입니다. 2권은 어떠셨습니까?

본 작품은 요즘에는 드문 학원 이능 배틀 & 러브코미디라는 장르로 진지하게 도전하고 있습니다.

친구 중에 예전에(혹은 지금도) 그런 장르를 좋아했던 분이 있다면 대화 화제로 "요즘 이런 걸 진지하게 선보이는 소설이 있어"라며 소개해주시면 감사하겠습니다.

또한, 본 작품의 만화판이 스퀘어 에닉스의 망가UP! 에서 연재가 시작되었습니다.

아직 무명에 가까운 라이트 노벨 작가인 저자에게 사메다 코반 선생님이 만화를 담당해주셔서 황송하기 그지없습니다.

원작과 함께 잘 부탁드리겠습니다.

그리고 이번에도 미려한 일러스트를 그려주신 타카야Ki 선생님께도 감사할 따름입니다.

역시 대단하다는 말밖에 나오지 않는군요. 특히 여성 캐릭터가 귀엽습니다. 감사합니다.

이어서 담당해주시는 편집자님에게도 여러모로 이론적인 듯하지만 엉뚱한 말만 하며 시끄럽게 굴었습니다만, 질리지 않고 따스하게 지켜봐 주셨으면 좋겠습니다.

이어서 선전입니다.

제가 쓴 다른 작품으로 GC노벨에서 간행되고 있는 《마을사람입니다만, 문제라도?》라는 작품이 있습니다.

이쪽도 만화화되었으며, 《이세계 귀환 용사가 현대최강》과 마찬가지로 주인공 최강물이고, 악당을 가볍게 해치우는 통쾌한 이야기입니다.

서점에서 보시면 본 작품과 함께 모쪼록 잘 부탁드리겠습니다.

양쪽이 잘 팔리면 관계자 모두가 싱글벙글 웃는 데다, 모두 작가에게 조금은 친절해질 것이라는 저만 이득인 특전도 있으므로 먼치킨류 작품을 찾고 계신다면 부디 고려해주시면 좋겠습니다.

그리고 마지막으로 이 작품을 선택해주신 독자분들께 감사드립니다.

ISEKAIGAERI NO YUSHA GA GENDAISAIKYO!
KENRANEIGA NO SEIKISYATAN
Copyright © Arata Shiraishi 2018
Korean translation rights arranged with SB Creative Corp., Tokyo
through Japan UNI Agency, Inc., Tokyo

이세계 귀환 용사가 현대최강! 2

2019년 9월 25일 1판 1쇄 인쇄
2019년 10월 1일 1판 1쇄 발행

저 자	시라이시 아라타
일러스트	타카야Ki
옮 긴 이	이서연
발 행 인	유재옥
본 부 장	조병권
담당편집자	조찬희
편 집 1 팀	김민지 이성호 정영길 조찬희
편 집 2 팀	김다솜 지미현
편 집 3 팀	김효연 박상섭 임미나
라이츠담당	박선희, 김솔함, 김슬비
디 지 털	최민성, 박지혜
발 행 처	㈜소미미디어
인쇄제작처	코리아피엔피
등 록	제2015-000008호
주 소	서울시 마포구 토정로 222, 403호 (신수동, 한국출판콘텐츠센터)
판 매	㈜소미미디어
마 케 팅	한민지 한주원
전 화	편집부 (070)4164-3962, 3963 기획실 (02)567-3388
	판매 및 마케팅 (02)567-3388, Fax (02)322-7665

ISBN 979-11-6389-968-6 04830
ISBN 979-11-6389-716-3 (세트)